「く、クリスティーネ？」
「はい」
「何故、隣に」
「楽しんでくださっているか気になって、つい」

レオナルド
クリスティーネ
Characters

アンナ
シェイクドイル

「レオナルド様」
「く、クリスティーネ」
「私も、大好きです！」

クリスティーネ先生の次回作にご期待ください!

Masamune Okazaki
岡崎マサムネ
ill. くろでこ

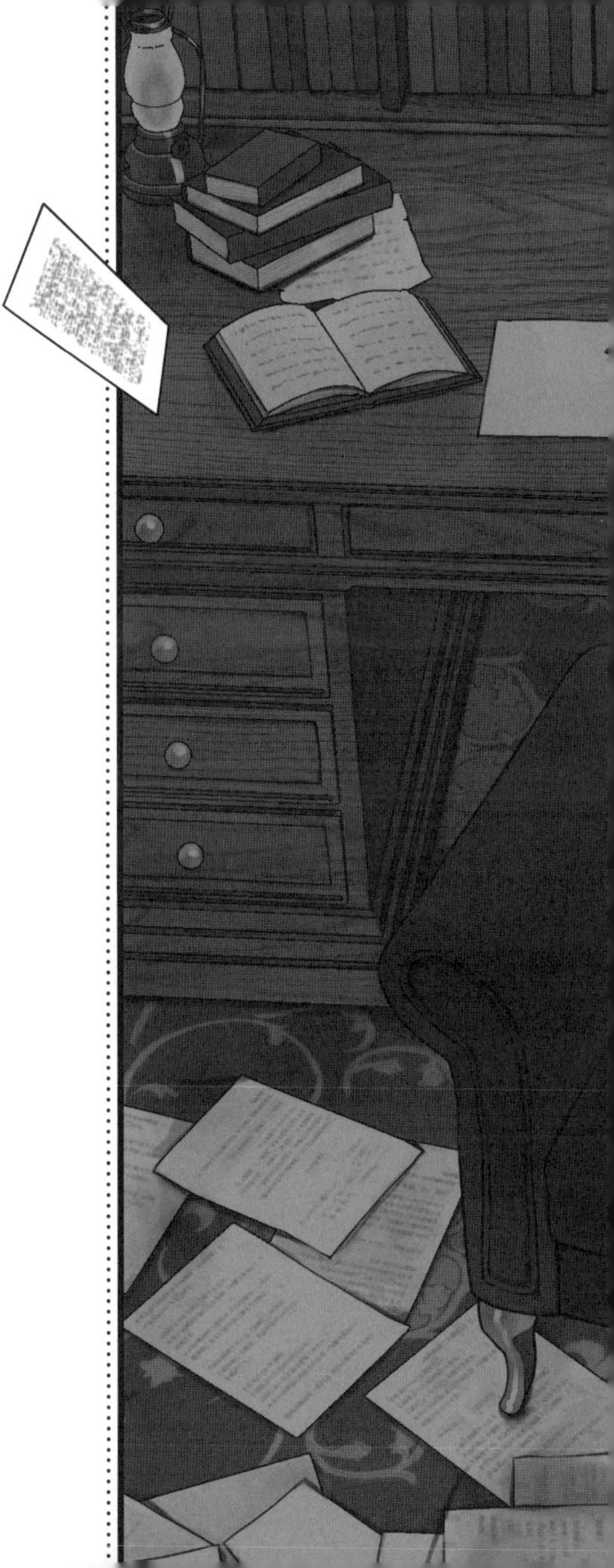

Contents

Christine sensei no jikaisaku ni gokitai kudasai!

第一章

クリスティーネ先生の執筆

一度もお会いしたことのない方と、婚約することになりました。

それ自体はよくある話なので構わないのですが、ご挨拶にと送った手紙にすらお返事をいただけませんでした。

その後何度お手紙を送っても、なしのつぶて。

会ったことがないどころか、お手紙のやり取りすらしたことがない。そんな方と結婚することに、少しの不安もないと言えば嘘《うそ》になります。

同じ年頃の友人たちに尋ねても、それぞれ婚約者の方はお返事をくださっているとのこと。

まだ裕福だったおじい様時代の伝手《つて》で、家格が少々釣り合わない——もちろん我が家が「下」という意味で、です——お家の方ですから、私なんかとはお話しされたくないのかもしれませんし、上流の方にはこれが普通なのかもしれませんけれど。

いえいえ、きっと、お忙しいのよ。まだ学生の私と違って、今だって騎士としてお勤めなのですもの。いえ、卒業を目前に控えた学生というのは世間様で言えばきっと一番暇な部類でしょうから、私より暇な方を探すほうが難しいくらいでしょう。

そう自分に言い聞かせて、今日も便箋に向かいます。

お父様とお母様からは、きちんとお手紙を書くようにと言われています。

中身の確認こそされませんが、お手紙の厚みが薄いと「もっと頑張りなさい」と言われてしまいます。

ですが、お返事をくださらない方と、一体何を話せばいいのやら。

お相手のことが何も分からないのに、自分のことを書くにしたって限界があります。

ああ、こんな時妖精さんがいたら。そうして、お相手の興味のある話題を教えてくれたなら。

幼い頃から絵本を読むのが大好きで、ちょっと空想癖のある私は、思わずそんなことを考えてしまいました。

ですが、これだけお返事をいただけないということは——きっと、読んですらいらっしゃらないのではないかしら。

良くて文机《ふづくえ》の肥やし、悪くてくずカゴに直行、という可能性もあるのでは。

そこでふと、思いつきました。

そうだわ。

どうせ読んでいただけていないのなら、中身が何であってもいいはず。

別にお相手に宛てたお手紙である必要はないのです。

それならいっそ、私の好きな空想を便箋いっぱいに書《か》き綴《つづ》ってしまいましょう。嫌々書かれたお手紙よりも、そちらのほうが便箋もインクも嬉《うれ》しいでしょう。

そして封筒の厚みがふっくらしていれば、それでお母様も安心。皆幸せです。

これはとっても、いい考えなのではないかしら。

今まで憂鬱に思えていたまっさらな便箋が、急に広々とした、大空のように思えてきます。

この便箋を通して、どこにでも行ける。何にだってなれる。そんな気がしました。

何を書こうかしら。まずは……妖精さんが出てくるお話？

妖精さんがいる世界で、――そうね、女の子の妖精さんが人間の男の子に恋をする話はどうかしら？

妖精の国の試練で人間の国にやってきた女の子は、人間の男の子と出会って、初めて人間というものを学んでいくの。

二人はだんだんと惹《ひ》かれ合《あ》うけれど、お互い種族の違いに悩んだり、苦しんだり。そしてある時、妖精の国から迎えが来て――。

学校を舞台にしたお話もいいわ。

仲のいいお友達同士が、ある日突然事件に巻き込まれるの。

その時二人はとある罪を犯してしまって――それは二人だけの秘密だったはずなのに、「すべてを知っている」という手紙が届いて……。

誰が手紙を送ってきたのか、時にお互いを疑いながらも二人は真相を追いかける。そういう、ちょっぴりドキドキするお話。

待って、未来から「私」がもう一人やってくるお話というのはどうかしら？

未来からやってきた私が、私に向かって言うの。「この結婚ではあなたは幸せにならない」って。

そこで私は他の人と結婚する未来に向けて頑張るのだけれど、あと少しというところで、未来から来た私にすべてを奪われてしまう。

未来の私はもともとそれが目的だったのよ。でも私だって負けてないわ、未来の私から絶対に幸せを取り戻してみせる！

「……はっ!?」

気づくと朝でした。

窓の外で小鳥さんがちゅんちゅん鳴いています。まぁ可愛《かわい》らしい。

こんもりと積みあがった便箋の山を見て、ふぅと額の汗を拭います。

あらあら、私ったらつい、夢中になってしまったみたい。

でもこれだけストックがあれば、しばらくはお手紙に悩まされることはなさそうですね。

私はここしばらくで一番清々《すがすが》しい気持ちで窓を開けると、爽やかな朝の空気を胸いっぱいに吸い込みました。


「レオナルド様。お手紙です」

「適当に置いておけ」

執事が「さようでございますか」と不満げな声を出す。

そんな声を出されても、俺は読む気なんてないからな。

ましてや、返事を書くなどと。

男が文机に向かってちまちまと、女々しいったらない。俺はそんな情けないことをするつもりはなかった。

だいたい祖父母の代に勝手に決められた結婚だ。

約束がある以上義務だけは果たすつもりだが、それ以上の面倒事は御免だった。

女というのは論理的な話し合いが出来る生き物ではない。きゃらきゃらと姦《かしま》しくて感情的で――理知的な俺とは違う生き物だ。

そんな生き物と、何を話せというのか。どうせ手紙だって、俺が興味のないことが綴られているに決まっている。

見向きもしない俺に諦めたのか、執事はため息をつき、ぞん、と手紙をテーブルに置いた。

うん？

「ぞん」？

何だ、その音。

執事が部屋を出ていった後、テーブルに置かれた手紙とやらを確認する。

指三本分くらいの厚みがあった。

え。

何だこれ。

手紙？

本じゃなくて？？

みちみちになっているところを無理矢理なんとかつなぎとめている封蠟《ふうろう》のあたりにペーパーナイフを入れて、封を開ける。

何なんだ、この尋常ならざる分厚さは。

もしかして、俺が返事をしないからといって、恨み言でも書いてあるんじゃないだろうな。

そう思ってぞっとした、が。

それならそれで、手紙を理由に婚約を解消してやればいいだけだ。怖気《おじけ》づくようなことではない。

自分に言い聞かせながら——そして万が一髪の毛など入っていても無様に悲鳴を上げないように唇を嚙《か》み締《し》めて薄目でそーっと細心の注意を払いつつ——折り畳まれた便箋を開く。

特に異物は混入されていない。ひとまず胸を撫《な》でおろす。

いや俺は別に怯《おび》えているわけではないが。

手紙の文面に視線を落とす。

――『犯人はこの中にいる！』

？

？？？


俺は首を捻《ひね》った。

何かの間違いだろうか。手紙が会話文で始まっている。

何故《なぜ》だ。宛名で始まっていない手紙とは。

婚約者への手紙だ。「レオナルド様へ」で始めるのが普通だろう。

もしかして順番が入れ違ってしまったのかと便箋をめくるが、ご丁寧に便箋の一番右下に書いてあるページ数によるとこれが一番最初らしい。

混乱した俺は、はっと思い至った。

もしやこの前の手紙に、経緯が書いてあるのか？

適当に積まれていた手紙の山を崩して、前の手紙を発見する。

今回よりも多少慎ましやかな厚みの封筒が出てきた。

開いてみる。

手紙の一枚目は、この文章で始まっていた。

――『探偵王子、マックイーンの事件簿』

何故だ。
何故手紙がタイトルから始まる。
誰だその王子は。
まったく意味が分からないながらに、文章に目を通す。

――俺の名前はマックイーン。この国の第三王子であり探偵だ。

王子なのかよ。公務をしろよ。
そう思いながら読み進めた。
……ぺらり、と便箋をめくる。

「…………」

ぺらり、ぺらり。
夢中で便箋をめくっていく。
手紙の最後まで来てしまったので、最初に封を開けた手紙を手に取った。
静まり返った部屋の中に、ただ便箋をめくる音だけが響く。

「……はっ⁉」

気づいたら、朝だった。

何ということだ。

この騎士団屈指の健康優良児と名高い俺が、徹夜だと⁉

「探偵王子」は早々に一番新しい部分まで読み終わって、そこから今まで届いていた手紙も全部開けた。

初めのうちは普通の手紙だったのが、ある時から物語に変わった。俺はそこから先を食い入るように読み漁《あさ》った。

妖精と人間との種族を超えたラブロマンス、学園を舞台にした友情とサスペンス、平凡な令嬢が未来から来た自分と戦うファンタジー、他にも種類を問わずたくさんの物語が書き綴られていた。

少々粗削りなところはあるが、どれも面白い。

もう一度最後の「探偵王子」を手に取った。

雪山にある辺境伯の屋敷で起こった殺人事件。探偵王子はその有力な手掛かりを見つけたところで、何者かに後ろから殴られ意識を失ってしまう。

しんしんと降り積もる雪が、犯人の痕跡を覆い隠す。ここで話は終わっていた。

終わるな。

最後まで書け。

書けているなら送ってこい。何故途中で送ってくるんだ。

文句を認《したた》めた返事を送ってやろうかとわなわなと手を震わせ——、そんな自分に気づいて慌てて深呼吸をする。

いや、焦ることはない。

どうせ放っておいても向こうからまた手紙が届くはず。それを待てば良いだけだ。

俺がわざわざ手紙をやってまでせっつく必要はない。

まぁ？　俺としては、別にこの後、続きが届かなくても？　痛くも痒《かゆ》くもないしな？

そう思っていたのだが……一週間経《た》っても、二週間経っても、手紙が来ない。

どういうことだ。

何故続きを送ってこない。

犯人は結局誰なんだ。探偵王子は無事なのか。

気になって仕方がないではないか。

俺はどかどかと床を踏み鳴らして文机に向かうと、埃《ほこり》をかぶったインク瓶を引き寄せた。

私のもとに手紙が届きました。

何とレオナルド様からです。

まぁ。初めてのお返事です。明日は雨が降るかもしれません。

――『手紙　続キ　疾《ト》ク送レ』

父の危篤の知らせかしら、と思うくらいに簡素な文章でした。字も独特で、何と言いますか……ダイイングメッセージとか、脅迫状とか。そういう書体です。

ですが、続きと言われても――。

ふぅ、と小さく息をつきます。

続きが思うように浮かんでこないのです。

こんなことは初めてでした。これが世に言うスランプというものなのかしら。

レオナルド様からのお手紙を畳んで封筒に戻すと、そっと見なかったことにして文机の引き出しにしまいました。

ですが何もお返事しなかったのがよくなかったのか、その後もお手紙が届いてしまいます。

――『進捗　ドウダ』

――『書ケタ所　マデデ　イイカラ　送レ』
――『マズハ　机ニ　向カウコトカラ　始メヨウ』

そう言われましても。

うーんと唸《うな》って、またレオナルド様からのお手紙を引き出しに放り込みました。

机に向かっていても、どうにもペンが進まないのです。

だって、この事件のトリックに自信がなくなってしまったのです。

雪が鍵を握っているのですが……王都や我が家の領地では、雪はちらつく程度。たっぷり降り積もった雪というのを見たことがないのです。

本で読んだ知識で書いていますけれど――これって本当なのかしら。

本当にこんなことが可能なのかしら。もしかして、雪をよく知っている人が読んだら無理があると感じるのでは。

このお話のキモであるところのトリックに自信がなくなってくると、どんどん不安になってきます。

というかこれって、――そもそも、面白いのかしら？

「クリスティーネ」

すっかりペンが動かなくなってしまった私のもとを、レオナルド様が訪ねてきました。

まぁ。雨どころか槍《やり》が降るかもしれません。

サロンで待ち構えていた彼は、初対面の挨拶もそこそこに深刻そうな顔で切り出しました。

「何故続きを送ってこない」

「あの」

「手紙にも返事を寄越《よこ》さないし」

それはお互い様なのではないかしら。

そう思いましたが、黙っておきます。

「……マックイーン王子は無事なのか」

「え?」

ぱちぱちと目を瞬《またた》きます。

マックイーン王子、というのは、ええと。私が書いたお話の登場人物、探偵王子マックイーンのこと、だと思うのですが。

ええと、お待ちになって。

それを知っているということは……つまり、手紙をお読みになったの、かしら？

「無事、ですが、この後……」

「待て。ネタバレするな」

「ねたばれ」

阻止されました。

ネタバレが嫌な気持ちは私にも分かります。本を読んでいる途中で「この後○○になるよ」などと言われようものなら手が出てしまうかもしれません。

レオナルド様のその言葉で、すとんと一つ、腑《ふ》に落ちました。

「本当に、手紙、読まれたのですね」

「……ああ」

レオナルド様が頷《うなず》きました。

たいへん真面目な顔で、続けます。

「読んだ。一度読んだ後に頭から通してまた読んだ」

「はぁ」

「そのあと特によかった話をもう一度読んだ後で、最終的に最初のほうで送られていた普通の手紙も読んだ。作者のエッセイだと思うと悪くない」

「気に入っていると書いてあった菓子と花を持ってきた。これを食べて花を飾って、また頑張れ」

「え、エッセイ……」

「ええと……」

これは、応援してくださっている、のでしょうか？

テーブルに載せられたお菓子と花束の謎がやっと解けました。

たぶん私の手紙を読んでくださって――そして、しょっちゅう届いていたそれが届かなくなったので、心配して元気づけに来てくださったのでしょう。

やさしさが身に染みます。

ですが、頑張れと言われても――おいそれとはいかない理由がありました。

言いにくさに口ごもった後で、何とか小声で申し出ます。

「じ、実は……スランプ、でして」

「スランプ？」

レオナルド様が目を見開きました。

「何故だ」

「何故と言われましても」

何故か自分で分かるなら苦労しません。

ですが、そうですね……ペンが止まってしまったきっかけを思い起こして、答えます。

「この後、事件のトリックが明らかになるのですが……私、あまり雪を見たことがなくて」

「雪？」

「トリックで重要なんです」

「確かに雪の中の屋敷が舞台だったな」

レオナルド様が頷きました。

本当にきちんと読み込んでくださっています。何だか感動してしまいました。

「雪、か」

そう呟《つぶや》いて、レオナルド様が立ち上がりました。

「待っていろ。すぐに戻る」

「え？」

ぽかんとしてしまう私を置いてけぼりにして、レオナルド様がサロンを後にします。

一体、何をしに……？

私が首を捻っているうちに、レオナルド様が戻ってきました。男の人を連れています。

レオナルド様は最初に座っていた椅子に座ると、立っている男の人を紹介します。

「うちの御者だ。以前衛兵として雪深い駐屯地で働いていたことがある」

「まぁっ！」

私は思わず手を叩《たた》きました。

それならきっと雪にはお詳しいはず。実体験をお伺いするにはうってつけですね！

ふんふんと鼻息を荒くする私に、御者の方は雪深い地域での暮らしについて丁寧に教えてくださいました。

私のまったく見当はずれかもしれない質問にも、一つ一つ答えてくださいます。

「ふむふむ、では本当に、雪というのは枝が折れるくらいに重いのですね」

「もちろんです。屋根が抜けちまうんで、わざと尖《とが》った形の屋根にしているくらいで」

「本で読んだ通りですわ！」

「雪かきも骨が折れるったらなくて。騎士だって音を上げるくらいですよ」

手元のメモがいっぱいになりました。

聞きたかったことをすべて確認できて、大満足です。

私の立てた仮説が概《おおむ》ね正しいことが分かりほっとするとともに、実物の雪というものが思い浮かぶようになったからこそ、改善点もはっきりと見えてきました。

満足げに息をついた私に、それまで黙って御者の方との会話を聞いていたレオナルド様が、おずおずと声をかけます。

「続きは、書けそうか？」

「はいっ！」

私はぎゅっと両手の拳を握って答えました。

何だったら今すぐ机に向かって、ペンにインクをつけたいくらいです。

だってアイデアが溢《あふ》れてこぼれ落ちてしまうんじゃないかっていうくらい……わくわくしていますもの。

「楽しみにしていてくださいね！」

うきうきわくわくした勢いのままそう口を滑らせて、はっと我に返りました。

いけない。つい夢中になってしまいました。

「……わ、私ったら、すみません。舞い上がってしまって」

「何を言う」

ソファの上で縮こまる私を見て、レオナルド様がきょとんとした顔で目を瞬きます。

そして、至極当たり前のことのように、言いました。

「お前の書く物語はどれも面白い」

「え」

「妖精が人間との寿命の違いに気づいて涙を流す場面では俺も胸が苦しくなったし、仲が良かったはずの二人がお互いを信じたいのに疑ってしまうという展開にはハラハラさせられた。未来から来た自分にすべてを奪われながらも唇を噛み締めて立ち上がる姿には勇気づけられた。他にも、」

つらつらと、流れるように、レオナルド様が話します。

思ったよりも感受性が豊かな方みたい、と思うのと一緒に……その感想の一つ一つ、どれを取っても私の書いた物語をよく読んでくださっているのが伝わってきて、思わず胸が熱くなります。

「今も、探偵王子がこの後どうなるのかが気になって仕方がない。いや主人公なんだし無事なんだとは思っているが、気を失った状態で雪山に置き去りにされた彼がこの窮地をどう切り抜けるのか。早く続きが読みたいと、そう思う。お前からの手紙をずっと、ずっと待っていた」

レオナルド様がかけてくれる言葉が、どれもまるで夢のように思えました。

だって私は、自分で書きたいものを書いているだけで。

それは私が、お話を書くのが好きだからで。

そもそもレオナルド様にお送りしたのだって、きっと読んでいらっしゃらないからと、そう思っただけなのに。

「分かるか。どれも本当に、面白かった」

彼の言葉が本当に、本当に……嬉しかったのです。

誰かに読んでもらえて、面白いと言ってもらえる。それがこんなに嬉しいことだというのを、私は初めて知りました。

「続きを楽しみにしている」

レオナルド様がふわりと微笑《ほほえ》みました。

笑っているところを初めて見ました。

お顔を見たのだって今日が初めてでしたけど……その笑顔が、とてもやさしげで。

「あ、あの」

私はつい、レオナルド様を呼び止めました。

「もし、読んでいただいて、面白かったら……」

「ん？」

「一言だけでいいので、お返事をいただけませんか」

言ってしまった。

言ってしまいました。

だって見た目とつっけんどんな言葉と裏腹に、何だかやさしそうな感じがしたので……このくらいの我儘《わがまま》だったら、許してくださるかしら、なんて。

そう思ったんです。

長いことお手紙のお返事をくださらなかったのですから、このくらい、いいんじゃないかしらと、そう思ったんです。

私の書いたお話を読んでくださって、そして——面白かったと、言ってくださった。

私にとってそれが、自分でもびっくりするくらいに、嬉しかった。

だからもう一度と、そう思ったんです。

レオナルド様は目を見開いた後、気まずそうに目を逸《そ》らしました。

しばらく言いにくそうに口ごもった後、言い訳がましく口を開きます。

「つ、机に向かうなどと、女々しいことを」

「女々しいかしら」

「……俺は、字が汚いし」

「存じております」

思わず笑ってしまいました。

字を書くのが苦手でいらっしゃることくらい、あの脅迫状みたいな字を見たら分かります。

お返事をくださらなかったのはきっと、あの字を見られたくなかったからなのでしょう。

でも、それでも……私のもとに届いたお手紙たちは、一生懸命書いてくださったのだろうというのが、今なら分かります。

へどもどしているレオナルド様の瞳を覗《のぞ》き込《こ》みました。

「短くても、字が下手でも構いませんから」

「…………分かった」

レオナルド様は、最後にはそう頷いてくれました。

第二章
クリスティーネ先生の留学

クリスティーネから手紙が届いた。

いつもと同じで、なかなか分厚い。

厚ければ厚いほど読み応えがある。わくわくしながら封を切った。


——『探偵王子、マックイーン　～エピソード・ゼロ～』


なるほど、過去編か。

そもそも何故マックイーンが王子でありながら探偵をしているのか気になっていたのだ。

夢中になって読み進める。

読み終えて、余韻に浸った。まさかマックイーン王子にあんなに悲しい過去があったとは。

親身になって面倒を見てくれていた侍女が、とある事件の容疑者になってしまう。マックイーン王子は侍女の濡《ぬ》れ衣《ぎぬ》を晴らすために懸命に捜査するうちに、逆に侍女が犯人だという証拠を摑《つか》んでしまい、苦悩する。

侍女との別れは涙なしには読めなかった。

公務をしろとか言ってすまなかった、マックイーン王子。

しばらくじんわり読後の満足感を噛み締めたところで、楽しそうに物語について話すクリスティーネの顔が思い浮かんだ。

重い腰を上げて、のろのろと文机に向かう。

面白かったら手紙の返事をする。そういう約束だ。

その約束をしてから、返事を送らなかったことはない。

つまり毎回面白いのである。約束を違《たが》えるようでは男が廃るというものだ。

便箋に「感動した」と書いて、手を止めた。

いや、感動するに決まっているだろう。そんな当たり前のことを書いていいのか。

こんなありきたりなことは誰にでも言えるわけで、たいしてよく読んでいないと思われるかもしれない。もっと気の利いた感想を書くべきではないか。

だが他になんと言い表していいのか分からない。クリスティーネと違って俺には語彙力も文才もないのだ。

書き出しては、くしゃくしゃと丸めて捨て、また書き出してはぐちゃぐちゃと消し、を繰り返す。

こんなに稚拙な感想なら、書かないほうがいいのではないか。字も下手で、見苦しいし。

そう考えかけて、頭の中にクリスティーネの声が思い起こされた。

――「短くても、字が下手でも構いませんから」

遠慮がちに、俺を見上げるクリスティーネ。

その姿を思い浮かべて……もう一度、ペンをインクに浸した。


貴族学校を卒業して、私はたっぷりある時間を持て余しておりました。他にしたいこともありませんので、日課のお手紙——もとい、物語の執筆に勤《いそ》しんでいたところ、お父様が私を呼んでいるとの声がかかりました。

サロンに向かってみると、お父様と叔父様が談笑しています。

二人は私に気が付くと、にこやかに迎え入れてくれました。

叔父様は商売にとても熱心で、いろいろな国を飛び回っている方ですので、こうしてお会いするのは久しぶりです。

挨拶とお茶もそこそこに、叔父様がお話を切り出しました。

一通りお話を聞いて、叔父様の言葉を反芻《はんすう》します。

「留学、ですか」

「そうなんだ。仕入れの関係で隣国に数ヶ月滞在する予定でね。せっかくだから、クリスティーネも一緒にどうかと思って」

「騎士というのは家を空けることも多い。結婚すれば、レオナルド殿に代わって家を守っていかなくてはならなくなる。その前にいい機会だと思ってな」

「僕は、妻は粛々と家のことだけ、なんて時代は近々終わるんじゃないかと思ってるけどね。まぁ、どちらにしてもいい経験になると思うよ。もちろんクリスティーネがよければ、だけど」

「い、行ってみたいです！」

思わず勢い込んで、そう答えました。

他の国に行くなんて、滅多にない機会です。

ここよりもずっと海に近い国です。もしかしたら本物の海を近くで見られるかもしれません。

いろいろな物語で出てくるので、一度本物を見てみたいと思っていたのです。

珍しい食材を使った料理があるとか、夜通し開かれるお祭りがあるとか、聞いたことはあってもよく知らないことや、行ってみたい場所がたくさんあります。

すっかり興味津々の様子の私に、お父様と叔父様は顔を見合わせて、苦笑いしました。


そこから準備に追われているうちに、あれよあれよと出立の日が近づいてきました。

叔父様のお仕事に合わせて、二ヶ月ほど滞在する予定です。

留学先の学校では文化交流のためのショートプログラムが盛んに行われているそうで、現地の方だけでなく他の国から留学してきた方とも交流できるとか。

今からわくわくしてしまいます。

文机周りで旅先に持っていくものを選別していて、ふと気づきます。

そうだわ。留学のこと、レオナルド様にお伝えしたほうがいいかしら。

そう思ったものの……でも今、お話がとってもいいところなんです。

これまでたくさんの人間を騙《だま》してきた悪魔の少年が、目が見えない少女のやさしさに触れて、その少女の死を目前にしてやっと心を入れ替える。そういうシーンです。

もう筆が乗りに乗りまくっています。

ああ、自分がもっと早くに改心していれば、彼女を助けられたかもしれないのに。そう悔やんで流した悪魔の涙が、彼女の頬を濡らして。

「これはなに？」って聞く少女に「雨だよ」って、そう答えるのです。そうしたら少女は「あったかい雨だね」って……。

「……はっ⁉」

気づくと文机にかじりついて朝を迎えていました。

お手紙がまたとんでもない厚みになっています。

最近分厚いお手紙に封をするのがどんどん上手になっているので、これくらいならきっと……。

そう思って便箋を封筒に入れて、口を閉じようとしましたが……無理でした。

一度に送るのは諦めた方がいいかもしれません。

以前レオナルド様はキリのいいところまで送ってほしいとおっしゃっていましたし……留学のことは、次のお手紙でいいですよね。

ちょうど良さそうなところでお手紙の山を二つに分けて、旅支度に戻りました。

クリスティーネから手紙が届いた。

先日から続いている、悪魔の少年と目が見えない少女の物語だ。

そろそろ物語も佳境に入っている。

少女のやさしさに触れて、少しずつ心というものを知っていく悪魔。しかし少女は病に侵され、悪魔の少年の腕の中で息を引き取ってしまう。

そこで悪魔の少年は、涙を流す。産声を上げずに生まれる悪魔にとって、生まれて初めての涙。大切なものを失ったことで、悪魔が心を手に入れたのだ。

感情移入してついつい俺まで視界が滲《にじ》んでしまった。

悲しいが綺麗《きれい》な終わり方だった、と思ったところで、もう一枚便箋があるのに気が付いた。

――『あれ？　ここは、どこ？』

――少女は目を覚ましました。

――ぽつりと一人ぼっちの少女。周りには、誰もいません。

「は？」

思わず声が出た。

少女、生きてる。

え、何だ、どういうことだ。

さっきので終わりじゃないのか。この話、まだ続きが？

しかし、手紙はそこで終わっている。

いつもクリスティーネは、一つの話が終わる時には最後に「おわり」と書く。それがないということはやはり、この物語はまだ続いているのだ。

何故死んだはずの少女が目覚める。これは一体どういうことなんだ。

だいたい、キリのいいところまで送ってこいと言っているのに、まったくキリがよくないではないか。

返事を書こうかと思ったが、やめた。その代わりに出かける支度を開始する。

手紙を書くより、直接聞いたほうが早い。そしてその場で続きを督促する。こんなもの、気になって眠れなくなってしまうだろうが。


「留学」

「はい」

クリスティーネの屋敷を訪れた俺を迎えたのは、彼女の両親だった。

二人とも狐《きつね》につままれたような顔をしている。

「あの。娘はレオナルド様に何もお話ししていかなかったのでしょうか」

「頻繁にお手紙のやり取りをさせていただいているようでしたので、てっきりお伝えしているものかと……」

「いや、聞いている。俺が日付を勘違いしていたようだ」

慌ててそう誤魔化して、クリスティーネの屋敷を後にする。

まずい。手紙の中身が物語だとバレるところだった。

そんなことがバレたらクリスティーネが怒られるかもしれない。それは避けなければ。

クリスティーネには出来るだけ元気に楽しく過ごしてほしい。そして意欲的に執筆してほしい。欲を言うなら毎日新作が読みたい。

だが、留学？

そんなこと、クリスティーネは一言も言っていなかった。

何故俺に何も言わないんだ。

言うだろう普通。何か、一言くらい。


その後もクリスティーネからは、手紙が届いた。

国にいた頃と変わらず、毎回時間を忘れて読みふけってしまうような面白い話が届く。

だが……ふと気づいた。

気づいてしまった。

彼女が隣国で何をしているのか、どう過ごしているのか。それが一文字たりとも書かれていないのだ。

というか留学に行っているという話すら書かれていない。未《いま》だに本人から留学の「り」の字も聞いていない状態である。

何でだよ。

そういう話を書くのが手紙本来の趣旨なんじゃないのか。

こんなに分厚いんだから一枚くらい近況報告に使ったっていいだろうに。

……いや、それで物語の分量が減るのも困るので、単純に追加して送ってくればいい。

だが考えてみれば、手紙のやり取りだけであれば隣国からでも、数日遅れるだけで大した支障もなく出来てしまう。

わざわざ留学中であることなど言う必要がないといえばそうなのかもしれない。

いつも通りに物語が届いて、俺はそれを楽しめる。別に悪い状況というわけではない。

だというのに何となく……落ち着かなかった。


「クリスティーネって、婚約してるのよね？」

「はい」

「どんな人!?」

「ええと」

留学先のショートプログラムで仲良くなったお友達、アンナさんにそう問いかけられて、私は首を捻りました。

どんな人、ええと……文字を書くのが苦手、って、これだと悪口ですね。

いつも感想をくれる、お話を褒めてくれる……というのも、私がお話を書いていることを言わないといけないですし。それを伝えるのはまだちょっと、恥ずかしいかもしれません。

しばらく悩んで、答えました。

「私のことを、面白いと言ってくださいます！」

「お、面白い？」

アンナさんがぱちぱちと目を瞬きます。

面白い、は褒め言葉ですよね。たぶん。

正確に言うなら「私の書いたお話のことを」面白いと言ってくれているのですが、その部分はそっと隠しておきましょう。

もう少し仲良くなってから、打ち明けられたらいいなと思います。

「おもしれー女、とか言うタイプの方、ってことかしら。俺様系……？」

アンナさんが不思議そうに呟いていたので、曖昧に微笑んで誤魔化しました。

すみません、レオナルド様。何か誤解されてしまったかもしれません。

レオナルド様からいつもの通り、お返事が届きました。

お返事がなかった時が嘘のように毎回お返事をくださるので、その度に嬉しくなってしまいます。

面白かったらお返事をくださるという約束ですから、返事が来たらそれだけで「面白かった」ってことですもの。

一人で書き散らしていても十分楽しいのですが、こうして「面白い」と言ってくださる方がいるとやっぱり、モチベーションが上がります。


——『悪魔視点デ　話ガ繋《ツナ》ガッタ。悪魔ガ　命ヲ賭シテ　少女ヲ蘇《ヨミガエ》ラセタ　シーンガ　特ニ感情ガ　伝ワッテキテ　ヨカッタ』

相変わらず脅迫状みたいな文字ですが、だんだん慣れてきました。

力を入れて書いたシーンを褒めていただけて嬉しいです。

ニコニコしながら感想を読み返していると、少し行間を空けたところにも何か書かれているのに気づきました。

――『最近　ドウダ』

どう、というのは。

はてなと首を捻ります。

……進捗のことかしら。

順調ですとお返事すべきでしょうか。

そこではたと気づきます。留学中も変わらず楽しくお話を書いていますけれど、せっかくいつもと違う環境にいるのですもの。いつもと違う物語に挑戦してみてもいいかもしれませんね。

それなら少し長いお話にしてみようかしら。帰った時にまとめて感想を聞けるように。そうしたら順調だってことも、きっと伝わりますよね。

ついでに仕掛けを入れてみるのはどうでしょう。レオナルド様が気づいてくださるかどうかも含めて、楽しめるような……。

あとは、そうですね。こちらで出来た新しいお友達にも読んでもらえたりしたら……。

それなら、きっと恋愛物がいいですね。

婚約者の話をうきうきしながら聞いていらっしゃったから、そういうお話なら興味を持ってくださるかも。

二人の男性の間で揺れる心、ちょっと大人なラブロマンス、なんてどうかしら。


クリスティーネからは変わらず手紙が届く。

近況を聞こうと思ったのだが、それは見事にスルーされていた。

いや、それはいい。

茶会に誘おうとしても観劇に誘おうとしても毎回驚くほど伝わらないので、もはやいつも通りという気すらしてくる。

気がかりなのは、物語の内容だった。

田舎を出て都会にある屋敷で侍女として働くことになった主人公。田舎には仲の良かった異性の幼馴染《おさななじみ》がいたが、離れ離れになってしまった。

幼馴染のことが気がかりながらも、都会での目新しい日々、そして新しい出会い、新しい……恋。

新しい恋。

あたらしい、恋。

見つけるな。

故郷の幼馴染と幸せになれ。

いや、そんなことはないとは分かっている。

クリスティーネは妖精でもなければ探偵王子でもないし悪魔でも目が見えない少女でもない。

書いている人間と物語の中の人間は別物だ。それは分かっている。

だが……今までこんなに、揺れる乙女心を主軸に置いた、ラブロマンスをメインに据えた物語はなかった。

なのに初挑戦と思えないくらいに面白い。

恋愛物の演劇では必ず寝てしまうほどの超健康優良児として名高い俺でもぐいぐい引き込まれてしまう。どれだけ引き出しがあるんだ。

こんなに面白いのに、どうして俺は、こんなに不安になっているのか。

物語のことを楽しそうに話すクリスティーネの笑顔が浮かぶ。


――『楽しみにしていてくださいね！』


文机から立ち上がった。

そうだ、俺は。

お前の物語を、楽しみに待っていたいんだ。

不安な気持ちで、待っていたいわけじゃない。


「クリスティーネ」

「れ、レオナルド様!?」

何ということでしょう。

留学先にレオナルド様が現れました。

雨が降るとか槍が降るとか、そういう以前に青天の霹靂《へきれき》です。

どうして、レオナルド様がここに？？

混乱して二の句が継げず、口をパクパク開け閉めすることしか出来ません。

隣にいたアンナさんが、こそっと私に耳打ちします。

「この人が例の、俺様系？」

いえ、別に俺様系ではないと思うのですが。

「ど、どうしてここに」

「見つけたのか」

「はい？」

「新しい恋を」

「恋？？」

話がまったく理解できませんでした。

私がぽかんとしていると、アンナさんがあっと声を上げました。

「もしかして、お話のこと？」

「え？」

「留学に行ったクリスティーネと自分を、お話の主人公と幼馴染に重ねちゃった、ってことじゃない？」

そんなまさか。そう思ってレオナルド様を見上げます。

顔を真っ赤にしてそっぽを向いていらっしゃいました。手には先日私が送った手紙が握りしめられています。

横顔に図星と書いてありました。

お話と現実を混同するなんて予想外のことで——いえ、でもレオナルド様はとても感受性が豊かなご様子でしたから、そういうこともあるのかしら。

とりあえず、違いますよというのを伝えてみます。

「レオナルド様。お話はお話、現実は現実ですわ」

「分かっている」

レオナルド様の眉間に深々と皺《しわ》が寄りました。

そして一つため息をつくと、私に向き直りました。

「お前が全然近況を書いてこないから、心配になっただけだ」

「あら」

不満げなレオナルド様の言葉に、反論します。

「書いていましたよ、近況」

「は？」

「ほら、こちらの文章の頭文字を続けて読むと……」

レオナルド様の手から受け取った便箋の中から、最後のページを取り出しました。

そしてそれぞれの行の一番最初の文字を順番に指さしていきます。

――『ジュンチョウデス　マタテガミオクリマス』

「ね!?　すごい仕掛けだと思いませんか!?」

「…………」

レオナルド様が黙ってしまいました。

あ、あら？

いつもお話のことは褒めてくださるのに、これはお気に召さないご様子です。

やっぱり物語じゃないとご興味がないのかしら。

「……普通に書いて送るのではダメなのか」

「え？」

レオナルド様の言葉に、思わず目を見開きます。

普通に、書いて、送る？

手紙に近況を、ですか？

私が、レオナルド様に？

……何故？？

「レオナルド様は、お話を楽しみにしてくださっていますよね？」

「それはそうだ！」

即答でした。

よかった、楽しみにしてくださっていて。それでこそ私も送りがいがあるというものです。

「それは、そうだが、…………」

ニコニコの私に対して、レオナルド様はもごもごと口ごもっていました。

そしてやがて、手のひらで顔を覆って、呻《うめ》くように呟きます。

「いや、俺が悪い」

「？？？」

首を傾《かし》げるばかりの私を見て、レオナルド様がため息とともに、苦笑を漏らします。

「三回に一回くらい、エッセイを送ってくれ」

「エッセイ」

「それで手を打つ」

「え、いいなぁエッセイ。あたしも読みたい」

それまで黙っていたアンナさんが、はーいと元気に右手を挙げました。

「今書いてるお話もすっごく面白いもん、エッセイも面白そう」

レオナルド様がじろりとアンナさんを睨《にら》んだ後で、私に向き直りました。

また眉間に皺が寄っています。

「……読ませているのか」

「は、はい」

レオナルド様の言葉に、頷きます。

仲良くなって、意を決してお見せしたら、アンナさんはとても喜んで読んでくださったのです。

ちょっと照れてしまう時もありますけれど、アンナさんもたくさん感想をくださるので、とても励みになっていました。

「最初は恥ずかしさもありましたけれど……レオナルド様がいつも褒めてくださるので少し、自信が出て。感想をいただくのも嬉しいですし」

「………」

「あの、レオナルド様？」

「あの顔ね。俺だけがよかったVS.俺が褒めて喜んでくれて嬉しい、の顔だよ」

「えっ⁉」

まさかまさか、と思ってレオナルド様を仰ぎ見ます。

くるりと顔を背けられましたが、ええと、耳が赤いですね。照れていらっしゃるようです。

確かにレオナルド様、感想をいただいて私が嬉しそうにしていると、満足げなお顔をしていらっしゃる気がします。

進捗を気にしてくださっているし、きっと私の執筆環境やモチベーションを気遣ってくれているのでしょう。

俺だけがよかった、も、少しだけ分かる気がします。自分が気に入っていた本が後からベストセラーになった時とか、「私は最初から好きだったけど⁉」と思いますもの。

大丈夫です。私は古くからのファンもきちんと大切にいたします。

「初めて読んでくださったのも、初めて感想をくださったのもレオナルド様ですから。私のファン一号はレオナルド様ですわ」

「そ、そうか」

レオナルド様が照れ臭そうに頬を掻《か》いています。

最初に読んでくださって、感想を伝えてくださったのはレオナルド様ですもの。新しい読者の方が出来たからといって、感謝を忘れてはいけません。

「じゃああたしが二号だね」

アンナさんがにこりと微笑みました。

そして私の腕を引っ張ってこちらを見上げます。

「ねー、本にして売ろうよ。うちの商会、出版の職人にも伝手あるよ」

「え、ええと」

本にして、売る？

思いもよらない提案に困惑してしまいます。

アンナさんのお家《うち》はとっても大きな商会をやっていらっしゃるそうなので、本当にそういうお知り合いがいてもおかしくはないのですけれども。

困ってしまってレオナルド様のほうを見れば、レオナルド様は難しそうな顔をしていました。

しばらく押し黙ったあとで、言います。

「物語はいいが、エッセイはダメだ」

レオナルド様は私の手紙を丁寧に畳んで胸ポケットにしまうと、視線を私に移しました。

「俺のためだけに書いてほしい」

まっすぐに、私だけを見つめるレオナルド様。

物語だったら——まるで世界に二人きりみたいだった、なんて、モノローグを入れたくなるような。

そんな、時間が止まったような、一瞬でした。

「楽しみにしている」

もちろんここは現実で、物語などではありません——というか二人きりでもありませんから、アンナさんが茶化すように吹いた口笛が、ヒュゥ、と響きました。


「今回は分量がその……控えめ、だったな」

「実は、少し迷っていまして」

留学から帰ってしばらくして。

私はレオナルド様と向き合ってお茶をしていました。

今物語で悩んでいることを、ため息とともに打ち明けます。

「主人公が子育て中の母親なのですが、私には妊娠も出産も、経験がないものですから。どうにもリアリティが足りない気がして」

「そっ、」

レオナルド様が急にげほげほと咳《せ》き込《こ》みました。

大変です。紅茶が変なところに入ってしまわれたのでしょうか。

背中を摩《さす》ろうと立ち上がった私を手で制して、レオナルド様が息も絶え絶え、途切れ途切れに、言います。

「それ、は、その……」

「?」

「……………」

レオナルド様が黙りました。

ゴクリ、と息を呑《の》む音が聞こえた気がします。

レオナルド様がまっすぐ私を見つめて、そこからまたしばらく沈黙が続いて——やがてレオナルド様は、すっと私から視線を逸らしました。

「……姉のところに、子どもが生まれたばかりなんだが。話を、聞きに行くか」

「まぁっ！　よろしいんですか？」

「やはり寝かしつけというのは大変なのですね」

「そうよぉ、寝ついたと思ったらちょっとしたことで起きちゃって。もう毎日寝不足」

レオナルド様のお姉様はとても明るい方で、妊娠出産のことや育児のことなど、面白おかしくいろいろと話して聞かせてくださいました。

聞いたお話だけでお姉様のエッセイが書けてしまいそうなくらいです。

「まぁ反対に、起きずに何時間も寝てるとそれはそれで、大丈夫かしらって不安になるんだけどね～」

なるほど、なるほど。

手元のメモに書き込んで、視線を上げます。

こちらを見つめているレオナルド様のお姉様と、ぱっちり目が合いました。

お姉様はふふっと、何だかくすぐったそうに笑いました。

「クリスティーネちゃんもすぐに分かるわ」

分かる？

分かる、というと……何が？

「あの子無愛想だから心配してたけど……こうして二人で会いに来てくれるなんて。仲良しで安心したわ」

あの子、というのはレオナルド様のことだと思います。

私と、レオナルド様が……仲良し？

「楽しみね、クリスティーネちゃん」

にっこり笑って言われて、やっとお姉様の言葉の意図を理解しました。

お姉様からしてみれば、弟とその婚約者が二人で連れ立ってやってきて、妊娠出産育児について熱心にメモまで取って質問している、という状況なわけで。

それが来るべき将来のためだとか、勉強熱心なお嫁さんね、とか、勘違いしたっておかしくないわけで。

ぼっと顔が熱くなります。

わ、私ったら、なんてことを!!

まったくこれっぽっちも、そんなつもりではありませんのに!!

「……話は済んだか」

「きゃっ！」

急に現れたレオナルド様に、思わず悲鳴を上げてしまいました。

レオナルド様は一瞬驚いた顔をして、そして怪訝《けげん》そうに眉をひそめながら、私に歩み寄ってきました。

「どうした、顔が赤いぞ」

「い、いいい、いえ、何でもありません！」

慌てて俯《うつむ》いて、顔を隠します。

ああ、早く冷めないかしら。

そしてお姉様にはその勘違いを絶対にレオナルド様には言わないでおいてほしいのですけれど、——もしくは、きちんと訂正させていただきたいのですけれど——それを頼むタイミングはもう失われてしまった気がします。

「書けそうか」

レオナルド様の言葉に、顔を上げました。

レオナルド様は、まっすぐ私を見つめています。

少しの心配と……楽しみな気持ちが混じった表情。

私の物語を楽しみにしてくださっている。

それが伝わってきただけで、他のことなんて全部気にならなくなってしまうから、不思議です。

私にはまだまだ書きたいお話がたくさんあって。

きっとこのお話も、次のお話も、楽しんでいただけるんじゃないかしら。

そう思うと、わくわくする気持ちが止まりません。

ああ、早く帰って、ペンを走らせたい。

それで早く、読んでどう思ったか聞いてみたい。

その気持ちでもって、答えます。

「はいっ！　今回もきっと、楽しいお話になりますよ」

私の言葉に、レオナルド様は一瞬目を見開いた後、ふわりとやさしく微笑みました。

「楽しみだ」

第三章

クリスティーネ先生の婚約破棄

――『婚約を解消しましょう』

開いた手紙の一行目にそう書かれていて、ぴしりと固まった。

いや、何かと見間違えたんだろう。

そう思って再び、手紙に視線を戻す。

クリスティーネの読みやすい字ではっきりと、「婚約を解消しましょう」と書いてあった。

目を擦《こす》ってみても、一度便箋を畳んでもう一度開いてみても、何度読んでも、同じ文章だ。

手に持っていた便箋を、ばさりと文机に落とす。

婚約を、解消？

何故だ、クリスティーネ。俺に何か至らぬところでも……。

そう考えて、愕然《がくぜん》とした。

何ということだ。心当たりがありすぎる。至らぬところばかりで、至っているところを探すほうが難しいくらいだ。

どれだ？　初めのうち、手紙の返事をしていなかったことか？　確かに無視をしていたのは悪かったとは思っているが、最近はそれを取り返すように毎回返事を書いているつもりだ。

……が、内容がクリスティーネの書く物語に釣り合っているかというと、決してそんなことはない。毎度素晴らしい物語に対して、陳腐な語彙力で「面白かった」「ここが特に感動した」とか、ありきたりなことを述べているだけだ。

それとも字が汚いところか？　やはり恥を忍んでペン字の教室に通うべきだったのか？

そういえば一緒にどうかという意図を込めて異国のお茶を取り寄せて贈っても「家で執筆しながらいただきます」だし、物語の参考になりそうなコンサートに誘おうと思って紹介しても「お母様と観《み》に行きます」と言われてしまった。

単に伝わっていなかったのだと思っていたが……もしかして、避けられている……？

考えて、頭を抱える。

手紙を胸ポケットに突っ込むと、大慌てで屋敷を飛び出した。


「クリスティーネ！」

「レオナルド様？」

サロンでアンナさんとお話をしていると、突然レオナルド様が飛び込んできました。

今日は特にお会いする約束はしていなかったと思うのですが……もしかして、私、何か約束を忘れていたでしょうか……!?

咄嗟《とっさ》に立ち上がった私のもとまで、レオナルド様は身長にぴったりの大きな歩幅でずんずん近づいてきました。

そして私の肩を摑んで、詰め寄るように言います。

「俺の何が気に入らない」

「はい？」

「婚約を解消するなどと、」

婚約を、解消？

ぱちぱちと目を瞬きました。

ええと、一体何のこと……と思って、はたと思い至りました。

そうです。この前レオナルド様に送ったお手紙。

「レオナルド様」

「何だ、字が汚いのが嫌なら近日中にペン字教室に通う」

「いえ、そうではなくて」

レオナルド様、ペン字教室に通うおつもりがあったのですね。

それにはちょっと驚きましたが、まずは誤解を解くことを優先しました。

「お話です」

「……は？」

「お話のタイトルです」

「タ　イ　ト　ル？？？？？」

レオナルド様が唖然《あぜん》とした顔をしています。

ちゃんといつもタイトルを書く時のように『』で囲ったのですけれど……見落としてしまわれたのでしょうか。

これからは見落とされないように「タイトル」と書いてから書き始めたほうが良いのかしら。もしくは、便箋の一枚目をタイトルだけに……いいえ、それだと書ける文字数が少なくなってしまいますから、もったいないですね。

しばらく口をぽかんと開け放していたレオナルド様が、へなへなとその場で脱力しました。

「紛らわしい……!!」

「すみません、まさかそんな勘違いをなさるとは思わず……」

「レオナルド様はクリスティーネに婚約破棄される心当たりがあるんだよねー」

「ちが、」

レオナルド様ががばっと顔を上げました。

そしてそこでやっと、アンナさんがソファに腰かけていたことに気づいたようでした。

みるみるうちに眉間に皺が寄って、怪訝そうな顔つきになっていきます。

「留学先の人間が何故ここに」

「親戚の伝手で、今度はこっちに出張に来ましたー」

アンナさんがにっこり笑って、両手をひらひら顔の横で振りました。

私もアンナさんが訪ねていらっしゃった時には驚いたので、そこはレオナルド様と同じです。

大きな商会の商会長を務めるアンナさんのお父様は、アンナさんが今のうちからいろいろな国や商売の勉強が出来るようにと、留学や視察に積極的なのだそうです。

私と出会ったショートプログラムにも、そろそろ自分で何か事業を始めてみるようにと言われて、その「何か」を探すために参加していたそうで……。

「クリスティーネと商売の話がしたくて」

アンナさんが、華やかな笑顔を今度は私に向けました。

その様子を眺めていたレオナルド様が、はぁと大きなため息をついて私をじとりと睨みます。

「何故、そんなタイトルの物語を」

「あたしのリクエストでーす」

アンナさんが元気よく右手を挙げました。

そうなのです。アンナさんは新しく始める「事業」として――出版事業を手掛けようと考えているようなのです。

そこで、私に書いてみないかと、そう持ちかけに来てくれたのでした。

私としては出版なんて烏滸《おこ》がましい、と思っているのですが、それはそれとしてお題について考えてみたところ気づいたらあれよあれよという間に筆が進んで、今に至ります。

「最近流行《はや》ってるんですよ、婚約破棄モノ」

「そんなものが流行るとは世も末だな」

「それだけみんな、不満があるってことです」

アンナさんが訳知り顔で言いました。

大きな商会のお嬢さんということで、アンナさんはとても事情通というか、いろいろなことに詳しい方です。貴族のお友達とはまた違ったお話が聞けるので、とても勉強になります。

確かに、お母様の集めているロマンス小説にもそういった題材は多くありました。

結構刺激的というか、どろどろした内容の物も多い印象です。この前読んだ巷《ちまた》で人気のロマンス小説は、母親を亡くした令嬢が新しい母親とその連れ子に虐げられ、ついに婚約者まで奪われて……というような筋書きでした。

こういう時の婚約者はあまり良い役柄としては描かれません。すぐに妹のほうに気が移ったり、浮気をしたり、一緒になって令嬢を虐げたり――お金のために嫁がされることになった相手がとんでもなくひどい相手、というパターンもあります。

あら？　でも、待ってください。

たまには素敵な婚約者がいたっていいんじゃないかしら？

婚約者の方としっかり支え合って、一緒に困難を乗り越えて、そして最後は幸せいっぱいの結婚式でお話が締めくくられるのです。めでたしめでたしのハッピーエンド。

私が書くならそういう筋書きにしてしまうかもしれません。けれど、それだと少しヤマとオチが弱いかしら。困難の乗り越え方に工夫が必要かもしれませんね。

「男と女、好きな相手と結婚したって不満が出るのに、貴族ってまだまだ政略結婚だの、許嫁《いいなずけ》だのが主流じゃないですか。そりゃあ好きでもない相手と結婚したら、不満なんてゴロゴロあって当然ですよ。ね、クリスティーネ？」

「え？　ええと、そうですね？」

すっかり物語の構想に夢中になっていると、アンナさんに話しかけられました。

咄嗟に頷きました。ええと、何のお話、だったのでしょう。

「家に勝手に決められた婚約者に冷たくされていたところに、婚約者よりも身分も背も高くってかっこいい殿方が現れて颯爽《さっそう》と助けてくれる……なんて、女の子は皆憧れるんですよ！」

「み、皆が……？」

アンナさんの言葉に、レオナルド様がよろりとよろめきました。

そしてばっと私のほうを振り向くと、必死の形相で私に詰め寄ってきました。

「お前も、そうなのか？」

「ええと、そうですね。まさにどん底、というところで助けに来る、というのは効果的だと思いますわ。よりいっそうヒーローを魅力的に描くことが出来ますもの」

「みりょくてき……」

「がーっと落として、どかーんと上げる！　これぞエンタテイメントだよね〜！」

どこか呆然《ぼうぜん》とした様子で頭を抱えるレオナルド様に、アンナさんがからからと明るく笑いました。

やっぱり書いていても読んでいても、どきどきわくわくする展開は欲しくなるものです。そういう意味ではある程度、山も谷もあったほうが楽しめます。

いっそのこと、婚約者のほうが主人公にはもっと素敵な殿方がいるのだろうからと身を引こうとして婚約破棄を言い渡す、というのはどうかしら。

けれどそこまで一緒に困難を乗り越えてきた婚約者と別れたくない主人公。口では自分以外にもっとふさわしい相手がいると言いながらも、心の奥底では主人公のことを誰よりも大切にしている婚約者。

そんな二人のすれ違いが、やがて周囲の人を巻き込んでいくようなお話。ジャンルとしてはラブコメディ、になるのでしょうか。少し切ない要素があってもいいですね。

今回は女性から婚約解消を言い渡すという内容で書いてみましたけれど、逆もいろいろとアイデアが出てきます。次は逆パターンで書いてみようかしら。

「婚約者には他に女がいるっていうのも定番だよね！　やっぱ人間って何だかんだ、誰かの一番になりたいものだから。他の相手がいれば、大切にされてないって一発で分かるっていうか」

「分かりやすい悪役が出てくるとお話が進めやすくなりますね。その女性には何か別の企《たくら》みがある、とか。話に広がりを持たせられるのも良いと思います」

「お姫様と王子様、みたいのに憧れていた女の子が、いざ実際の結婚を目の前にしたら『これが相手か〜』ってなるわけじゃない？　そういう時の目って厳しいと思うんだよね。そうなると、お話の世界くらいは逃げたくなって当然っていうか」

「仮に家の都合で婚約していたとして、本当に気の合う方と結婚できる確率というのは実際のところ、どのくらいなのでしょう。調べてみたいですね」

アンナさんの話に何となくで相槌《あいづち》を打ちながらも、私は頭の中で新しいお話を組み立て始めていました。

だんだんと大きな骨組みが出来上がってきます。あとはここに、肉付けをしていくだけ。あでも、今書いているお話もあと少しでクライマックスです。まずはそちらをしっかりと完成させなくては。

つい二人を置いてきぼりにして思案してしまって、視線に気づいてはっと顔を上げます。

「クリスティーネはさ。多分書いてないと死んじゃうタイプだね」

そう言って、アンナさんがまたおかしそうに笑いました。

家に戻って、胸ポケットに突っ込んでいた手紙を再び開く。

一行目を読んだ衝撃でその後を読んでいなかったが、読み進めればすぐに物語だと分かった。むしろ何故これで勘違いしたのかと驚くほどだ。

やれやれ、驚いて冷静さを欠くとは情けない。まだまだ精神面の修行が足りていないようだ。目を離す時間も惜しく、手探りで椅子を探して腰かけながら、手紙を読み進める。

令嬢が婚約者に婚約破棄を切り出すところから始まる物語だ。

内容はラブロマンスというよりも、どちらかというと謎解き要素が強い。何故令嬢は婚約破棄を切り出したのか？

最初は婚約者の不貞や借金が明かされ、それなら婚約破棄もやむを得ないだろうと納得しかける。だが、物語はそこでは終わらない。

婚約者が令嬢に不義理を働いていたのは確かだが、その不義理を暴いていくたびに、その陰に隠れている政治的な企みが明らかになっていく。

目覚めて隣に女が寝ていたと言うが、不貞の事実は確かにあったのか？　借金の原因となった投資話は架空のものだったが、では金は誰の懐へ消えたのか？

カネと権力、そして国。様々な人間ドラマが絡み合う物語は非常に読みごたえがあった。道理で厚みがいつも以上にものすごいと思ったのだ。

今回もとても面白かった。

満足感を胸に窓の外に視線を向ける。途中に仕込まれた伏線が気になって何度も読み返していたら、あっという間に夜が更けて、通り越して明けかけていた。空が白み始めている。

また夜更かしをしてしまった。だが、後悔はない。まさか宰相がカツラだということまで伏線だったとは思いもしなかった。後から読み返しても新鮮な発見がある物語というのはいいものだ。

今日は騎士団の仕事がある。シャワーを浴びて仮眠でもするかとバスルームに足を向けた。

シャワーを浴びながら、ぼんやりと昨日のクリスティーネたちとの会話を思い出す。

婚約破棄する物語が流行っているとか言っていた。どういう流行りだ、それは。

親が決めた結婚に不満があるとか、何とか。好きでもない相手と結婚したら不満があって当然とか、どうとか。クリスティーネもそれに同意していた。

……あるのか、不満が。やはり。

いや、それを言うなら俺だって、最初は家に決められた結婚を煩わしく思っていた。とやかく文句を言う権利はない。

だが今や、俺はクリスティーネ以外と結婚するなど考えられない。

クリスティーネにとって俺はあのアンナとかいう友達と同じ、ファンの一人だろうが、俺にとっては違う。

クリスティーネは唯一無二だ。他の誰でも替えはきかない。

不満のある結婚、冷たい婚約者……そこに颯爽といい男が助けに来る、とか。女の子は皆そういうのに憧れるのだ、とか。

頭から湯を浴びながら、クリスティーネの顔を思い浮かべる。

友人から話を振られて――あの時のクリスティーネは、どこか、心ここにあらずという表情だった。だが、「お前もそうなのか」と聞くと、確かに「そうですね」と頷いていた。

颯爽と助けに来るような男を、魅力的に感じると。

それは困る、と思う。

たとえばクリスティーネが他の男を魅力的に感じて、この婚約が白紙になったりしたら、とても困る。

クリスティーネと違って語彙力がない俺にはなんと言い表していいか分からないが、とにかく困る。

もしそうなったら俺はどうやって、クリスティーネの物語を読めばいいのだ。

いや、物語だけが目当てなわけではない。だがクリスティーネが俺以外に手紙を送るのだと思うと、言葉にならないくらいに耐えがたかった。

物語も、エッセイも、俺が送る感想も。

それは、俺とクリスティーネだけのものであってほしいと、そう思う。

俺が良い婚約者かというとそうでないのは事実だが——どうにかして婚約破棄は回避しなくては。

ざあざあと水の流れる音が聞こえる。

冷たい婚約者、と言っていた。

冷たくなければいいのではないか。

俺とクリスティーネは、以前よりずっと親しくなったと思う。冷たい婚約者とは違うのではないか。

しかしそれはクリスティーネが送ってきた物語をたまたま読んだからで、そうでなければ俺は、手紙の返事も寄越さない冷たい婚約者のままだっただろう。

冷たい、の対義語は、あたたかい——だろうか。

あたたかい婚約者、というのがどういうものかについて思いを馳《は》せる。

あたたかい人間、というとやさしかったり、思いやりを持って接する人間のことだろう。

俺だってクリスティーネに対しては思いやりを持って接している。そのつもりだ。

だが、……それが十分かと言われると、自信がない。

あくまで俺が思っているだけで——それがクリスティーネに伝わっているかは、別問題だろ

う。

「レオナルド様！　何故冷水を浴びていらっしゃるんですか⁉」

「はっ⁉」

いつまでもバスルームにこもっている俺を心配した執事が飛び込んできた。湯だと思っていたものがいつの間にか水になっていたらしい。

そんなに長い時間バスルームにいたつもりはなかったのだが。

バスルームを後にして、着替えを済ませた。タオルで適当に髪を拭いて、タオルをかぶったままでソファに腰かけた。

頭の中はまだ、クリスティーネのことを考えている。

思いやりを、伝える。それにはやはり、言葉にするのが手っ取り早いだろう。

簡単なことだ。今度会った時に、俺はお前を大事にしている、不満があれば言ってくれと、直接そう言えばいいだけだ。

クリスティーネの顔を見て、直接………。

………無理かもしれない。

何度思い浮かべようとしてみても、まったくその光景がイメージできなかった。

特にそれを伝えた時のクリスティーネが何と言うかまったく想像がつかないところが恐ろしい。

クリスティーネに限ってそんなことはないと思うが、万が一「はぁ？」とか言われたらものすごく落ち込む。手遅れだという事実を目のあたりにしたら冷静でいられる自信がない。

ソファを立って、のろのろと文机に向かう。

ペンを取った。

どうせ手紙の返事を書かなくてはならないのだ。手紙でしか伝えられないのは少々女々しい気がしてプライドがギシギシ言っているが、背に腹は代えられない。

しかし、ペンをインクに浸してみても、適切な言葉が浮かんでこない。

あたたかい婚約者というのは――一体、どんな手紙を書くものなのか。

いきなり脈絡もなく大切にしている、などと書いたらわざとらしい気もする。後ろめたいところがあるのかと逆に疑われるかもしれない。

ここはいつもの物語への感想をベースに、普段の感謝や、思いやりのある言葉を――。

――『イツモ　楽シイ物語ヲ　アリガトウ』
――『コレカラモ　応援　シテイル』

そこまで書いて、ペンを止めた。

何か違う。

絶対何か違う。こうじゃない気がする。

だが「何か違う」までは分かるものの、では何と書いたらいいかが分からなかった。

しばらく手紙の前でうんうんと唸りながら粘ったものの、結局これ以上の文章は捻り出せなかった。

そうだ。先日の手紙《エッセイ》でおいしかったと書いてあった菓子を買っていこう。

それに物語に出てきた珈琲《コーヒー》も。珈琲を片手に真相を明らかにしていく令嬢の姿が印象的で、俺も飲みたくなったしな。


「まあっ！　これ、この前のお話に書いたのと同じ地域の珈琲豆ですね」

「ああ。せっかくだからと思ってな」

「いつも差し入れ、ありがとうございます！　これからも執筆、頑張りますね！」

レオナルド様が持ってきてくださった珈琲豆を胸にぎゅっと抱いて、意気込みを新たにします。

お手紙も差し入れも、わざわざ直接持ってきてくださるなんて――レオナルド様はおやさしい方です。

「ごきげんよう、レオナルド様」

「また来ていたのか、アンナ嬢」

私の後ろから、アンナさんがひょっこり顔を出しました。

レオナルド様は「また」とおっしゃいましたけど、たまたまレオナルド様がいらっしゃる日にアンナさんも来ていることが多いだけで、別にそんなにしょっちゅう来ているわけでは——

あら？

そういえば昨日も一昨日《おととい》も、アンナさんと物語の話をしていたような。

「わぁ、珈琲。あたし好きなんですよー。一緒にお茶していきます？」

「あ、アンナさん。レオナルド様はお忙しいので」

「いただこう」

「え？」

私の横を通り過ぎて、レオナルド様がエントランスからサロンに向かっていきました。

普段はお約束がない時はすぐに帰ってしまわれるのに——よっぽど珈琲をお飲みになりたかったのかしら。

珈琲豆を侍女に預けて、私もサロンに向かいました。

しばらくして運ばれてきた珈琲を、レオナルド様が物珍しそうに眺めます。

皆で一緒に、珈琲のカップに口を付けました。

「…………」

「れ、レオナルド様？」

「あは、すっごい顔」

レオナルド様、ものすごいしかめっ面になってしまっていました。

からから笑うアンナさんを窘《たしな》めましたが、私もちょっと笑ってしまいそうになるくらいです。

「レオナルド様、全部顔に出ますよね」

「うるさい」

「お茶菓子をどうぞ、甘いものを食べると中和されますよ」

私がレオナルド様の持ってきてくださったお菓子を勧めると、一つ二つとスピーディーに吸い込まれていきました。

身分の高い方ですから下品な食べ方はされていませんが、あまりのスピードに目を瞬きます。殿方ってみんな、こうなのでしょうか？

お菓子を飲み込んだレオナルド様は、一息ついて、眉間に皺を寄せたままで呟きました。

「主人公はこんなものを飲みながら平然と会話をしていたのか……すごい胆力だ……」

私の望んでいない方向で感心されている気がします。

ミステリアスでかっこいい令嬢として描きたかったので、ある意味成功なのかもしれませんけれども。

「でも、お話に出てくるものが食べたくなったり、飲みたくなったり。そういうのも才能だよねー」

「レオナルド様の感受性が、ですか？」

「違う違う、クリスティーネのほう」

アンナさんが「レオナルド様のも才能だとは思うけど」と、またからからと笑います。

そしてひとしきり笑った後で、まっすぐに私を見つめました。

「ね。どうせ書くなら、出版しようよ。クリスティーネはたくさん書けて、いろんな人に読んでもらえて、ついでにお金も入って。いいことづくしだよ」

「それは……」

俯いて、膝の上の自分の手を見つめます。

アンナさんが熱心に誘ってくださっているのはよく分かっています。

アンナさんが私の書いたお話を楽しいと、面白いと。そう思ったから誘ってくれているのだと、それは理解しています。

一人でずっと空想するばかりで、誰かに読んでもらえるなんて思ってもいなかったのですもの。

読んでくださる方がいるだけで、もう本当に、嬉しくって嬉しくって仕方がないくらいで。

そのうえで面白いと褒めてくださったり、出版しようとまで言ってくださる。

本当に光栄で、幸せなことだと思います。

それでも私は、あと一歩、踏み出せずにいました。

曖昧に微笑む私に、アンナさんが唇を尖らせます。

「売れると思うんだけどなぁ」

「いえ、私なんて素人ですから……」

「どんな売れっ子だって最初は素人！」

アンナさんがどんと胸を張って言いました。

それは確かにそうなのでしょうけども。

お話を読むのも、書くのも大好きだからこそ――自分の大好きな本が頭に思い浮かんでしまうのです。そうするとどうしても、私が書いたお話がその隣に並ぶのが、恐れ多く感じてしまいます。

だって世の中にはもうすでに、面白い本がこんなにたくさんあるのです。

私は自分の書いたお話が好きですし、レオナルド様やアンナさんも面白いと言ってくださいますが……他の方がどう思うかは、私には分かりませんもの。

アンナさんが、へどもどするばかりではっきりした返事をしない私から、呆然と立ち尽くしているレオナルド様に視線を移します。

にゃーっとまるで猫のように笑いながら、レオナルド様に言いました。

「レオナルド様もクリスティーネの書くお話、好きでしょ？」

「ああ、好きだ」

レオナルド様が即答しました。

いつもお手紙で伝えてくださっていますけれど、こうしてはっきり言われると、何だかちょっと、照れくさい気持ちになります。

アンナさんが続けざまに畳みかけます。

「こんなに面白いんだから、もっとたくさんの人に読んでほしいって思うでしょ？」

「……………」

レオナルド様が黙りました。

何とも言えない、奥歯にほうれん草が挟まった時のようなお顔をされています。

ええと。レオナルド様にとっては面白いけど、他の人には読んでほしくない——という、ことなのかしら。やっぱり、好き嫌いが分かれるお話もありますものね。

レオナルド様はほうれん草が挟まった顔のままで、言います。

「俺が決めることじゃない」

「あ、話逸らした」

アンナさんがまた楽しげに笑いました。

レオナルド様が話だけではなく視線もふいと逸らします。図星というのが横顔に書いてありました。

レオナルド様をにやにやと眺めた後で、アンナさんが私に向き直ります。

「ほら。旦那様はクリスティーネに任せるって」

「まだ旦那では」

「はいはい、未来の旦那様、ですねー」

「そう、ですね」

アンナさんに言われて、もう一度考えてみます。

お友達に――アンナさんにこう言っていただけるのはとても光栄なことです。

もし自分が書いたお話が、本になったら。それはとても素敵なことだと思います。

自分の本を手に出来たら、きっと、とっても嬉しいです。

ですが、それはあくまで「私が」の話であって――結果として私が満足でも、他の人がどうかというのは私には、分からないことです。

本を作るにはとんでもない労力がかかります。活字を並べて印刷をするのだって大変だし、本の形にするのだって一苦労。それをあちこちの街で流通させる。どのくらいの人がどのくらいの時間と手間をかけるのか、私には想像が及びません。

そしてどれも、時間と手間だけではなく――お金もかかることです。

「ですが、作ってもらってもし一冊も売れなかったら、アンナさんに損をさせてしまいますし」

「その時は俺が全部買い取る」

「そんなことにはさせません」

レオナルド様の言葉に振り向く間もなく、アンナさんがえへんと胸を張って言いました。

「あのね。あたしはこれでも商売人なの。売れると見込んでないものを『売りましょう』って言うほど暇じゃないよ」

アンナさんはお茶菓子とティーカップを脇に寄せると、白い紙をテーブルに広げました。

そして鉛筆を手に取ると、そこにすらすらと数字を書き始めます。

「まず、本の原価。紙代に表紙の皮、そういう材料費と、加工代。あとはもちろん活字印刷の写植を工房に依頼するにもお金がかかるの。ざっとこのくらいかな。それで、流通に必要な人件費と……もちろんクリスティーネにも原稿料を払う」

「私は、お金なんて」

「ダメダメ。友達でも、趣味でも……ううん、だからこそ、お金のことはきちんとしないと。お金は『責任を持つ』って約束だもの」

あっという間に、紙の上に数字が並んでいきます。

数字を見てもあまりしっくりきませんが……たくさんの物事と、お金。

それが動いているのだということが、先ほどよりもはっきりと理解できました。

「これが本の原価になるわけ。そこに書店の取り分と、うちの利益分を乗せると……一冊あたりの大体の価格が決まってくる」

アンナさんが数式を書き始めました。

たくさん書かれた数字を足し合わせて、それを割り算して、ここまでは何とか、ついていけています。

「これだと一冊売れるとうちに入る利益はこのくらい。じゃあうちが払った原価を回収できる、いわばペイラインをクリアするには何冊売れればいいかと言うと……」

アンナさんがさらにつらつらと数式を並べていきます。

見ているうちにだんだんと、頭がくらくらとしてきました。

ええと、ええと。数字が、たくさん……ですね？

「……聞いてる？」

「す、すみません、数字の話はちんぷんかんぷんで」

「文字と同じだよ」

アンナさんが呆《あき》れたように言いました。

だって文字は見ただけで意味が分かりますけれど……数字は、ちょっと違うじゃありませんか。

「数字にも全部意味があるもの」

アンナさんが、私の考えを見透かしたように言いました。

私は文字なら看板の小さな注意書きの文字までまじまじ読んでしまうタイプですけれど……

アンナさんはその、数字版なのかもしれません。

「じゃあ、クリスティーネの大好きなシェイクドイル作品を例にしましょう」

その言葉に、ぼんやりしかけてきた頭がさっとクリアになりました。

シェイクドイル先生、私が大好きなミステリ作家さんです。

出す本出す本、すべてベストセラーで、全部面白くて。いつかサインをいただくのが小さな頃の私の夢でした。

「シェイクドイル作品は最初の一冊目は、そこまで売れなかったの」

アンナさんが一冊目のタイトルと、価格を並べて書きました。

シェイクドイルファン――通称シェイクドイラーの中では有名な話ですから、これは私も知っています。

先生が売れっ子になって、最近新装版も出ましたけれど……確かに初版本はそのくらいの値段だったでしょうか。

「当時は無名の新人だから、冊数はたぶんクリスティーネと同じくらいとして、物価とかは変動があるだろうけど……まぁ、今に当てはめたらこのくらいかしら」

また、数字がたくさん並んできました。

先ほどシェイクドイル先生のお名前を聞いて戻ってきた意識が、またふらふらと霞《かす》み始めるのを感じます。

「で、これを見れば分かると思うけど。初版本の初動では、さっき話したペイラインに届いてない。――だけど、次の『少女探偵社』で跳ねた」

大好きな作品のタイトルで、また意識がはっと戻ってきました。

『少女探偵社』、本当に名作ですよね！

実はつい先日、シリーズ最新作が発売されたばかりです。

発売日に手に入れて、何度も何度も読み返しました。大好きなシリーズの待ちに待った新作。それだけでもう本当に嬉しかったのですが、読んでみてがつんと、頭をぶつけたような衝撃を感じました。

私はきっと、この本を読むために『少女探偵社』と出会ったのね。

そう思ってしまうくらい、最高の一冊だったからです。

「活字印刷って、一回版型を作れば量産が容易なのよね。『少女探偵社』は今や庶民向けに簡易版も刷られてるし。たくさん刷って、たくさん売れれば、それだけ原価率が下がる。もちろん材料費はかかるけどね」

はっと我に返りました。

いけません。つい、物語のことになるとそのことにばかり、夢中になってしまいます。

気を取り直してアンナさんに向き直ると、アンナさんは真剣な表情で私の目を見て、言いました。

「出版って、投資なのよ」

アンナさんがそう、お話を締めくくります。

投資。その言葉がとても――アンナさんらしく、感じました。

「一度仕入れたら、同じ商品がずっと売れ続けるんだもの。当たれば大きい。ついでにシェイクドイル先生は他の作品も一緒に買ってくれる顧客が増えて、結果今は最初の作品も何版も出て、新装版まで。この前出た最新作は過去最高の売り上げだって。もう金の卵だよね」

うんうんと何度も力強く頷きました。

シェイクドイル先生は本当に、素晴らしい作家ですよね！

「と、いうわけだから」

ぱちん、とアンナさんが手を打ちました。

背後でレオナルド様の「ふがっ」という声が聞こえます。

どうやら寝ていたようです。

私も数字がたくさん並んでいるのを見て頭がぼんやりしてきていましたから、気持ちは分かります。

アンナさんがちらりとレオナルド様を睨んでから、私に視線を戻しました。

「あたしはクリスティーネの作品が『売れる』と思ってるから、投資したいの」

売れる。

その言葉に、目を瞬きます。

さっきまで漠然としていたその言葉が、姿かたちを持ったものとして感じられた気がします。

そんなこと、今まで考えたことも——ありませんでしたから。

アンナさんがまっすぐに私を見ながら、言います。

「きっとクリスティーネが友達じゃなくても、出版しませんかって声をかけてた」

「友達じゃ、なくても……」

「うん。関係ない」

アンナさんがにっこり笑って頷きました。

「友達だから『いい』って思ってるわけじゃない。それを切り分けられるのが商人だもの。あたし、自分の目利きには自信があるのよ」

アンナさんは胸を張って、にんまりと唇で弧を描きます。その仕草に何故だが妙な説得力があって、私は思わず「そうですか」と答えてしまいました。

アンナさんは、いつも自信たっぷりで堂々としていて……何だか、アンナさんの言っていることは、きっと本当になる。そんな気がしてきます。

「まぁ、今回はたまたま友達だったから。いち早く見つけられて、『いやーやっぱあたし持ってるな！』とは思ってるかな」

「ふふ」

「あとは……友情に訴えたらクリスティーネも断りにくいかも？　なんて」

「もう、アンナさんったら」

茶化して見せたアンナさんに、思わず笑ってしまいました。

私を見つめていたアンナさんが、ふっと小さく息をつきます。そして――きらりと鋭い視線を、こちらに向けました。

「やっぱり、クリスティーネも興味はあるんでしょ？」

アンナさんの言葉に、息を呑みました。

だって、私の書いた物語が、本になって。

本屋さんに並んで、誰かが買ってくれて。

お話を聞いて、「売れる」と言われた瞬間に……そんなことがあるのかしらと、想像してしまったのです。

今までそんなこと、一度も考えたことはなかったのに。

おずおずと頷いた私に、アンナさんがまた心を見透かしたように、言いました。

「クリスティーネは書くのが仕事、売るのはあたしの仕事。仮に売れなくっても責めたりしないし、友達やめたりしないよ」

「アンナさん……」

「だから、とりあえずやってみない？　不安なことがあればサポートするし」

ね？　と顔を覗き込まれて——私は、結局頷いてしまいました。

かなり迫力に負けた感じはありますけど……でも、アンナさんの言う通りだったのです。

私なんか、とか、素人だから、とか。そう言いながらも——興味がないわけじゃ、なかったのです。

だって、もし本当に、私の書いたお話が、本になったなら。

どんなに嬉しい気持ちになるんだろうって——そう考えてしまう自分が、確かにいるのです。

アンナさんがにっこり笑って、両手をぱしんと打ちました。

「じゃ、まずは今まで書いたお話からどれを出版するか選んでみよう！　あたし的にはやっぱりこの前みたいなラブロマンスがおすすめだけど……他のはどこにあるの？」

「あの、それが」

ちらりと、レオナルド様の表情を窺《うかが》います。

レオナルド様は黙って私とアンナさんの会話を見守っていましたが、私の視線に気づいて、ぱちぱちと目を瞬きました。

「すべてレオナルド様にお送りしていて、私の手元には……」

「えっ」

アンナさんが声を上げました。

驚かれるのも仕方ないとは思います。いくらお返事が来ないからといって、一方的にお話を送りつけるなんて。今思い返すとなかなか思い切った奇行だった気がしてきます。

ですが、もともとレオナルド様に送る手紙の内容に困って始めたんですもの。わざわざ写しを取って手元に置いておくなんてこと、していません。

アンナさんが慌ててレオナルド様に駆け寄りました

「レオナルド様、全部保管してありますよね⁉」

「…………ある」

レオナルド様が苦々しげに答えました。

あら、まだ珈琲の苦さがお口に残っていらっしゃるのでしょうか。

レオナルド様のお返事に、アンナさんが両手を上げました。

「よかったー！　じゃ、今度持ってきてください！　お借りしますから！」

「なっ」

アンナさんがそう言うと、レオナルド様が見るからに狼狽《うろた》え始めます。がたんと音を立てて立ち上がると、自分の胸に手を当ててました。

「お、俺宛の手紙だぞ！」

「中身は物語じゃないですか」

「だが、俺の、……俺と、クリスティーネの……」

レオナルド様がしょんぼりと肩を落とします。

その様子が何だかとっても、可哀想《かわいそう》に見えました。身体《からだ》の大きな――レオナルド様は騎士だけあって、背丈も肩幅も、殿方の中でもしっかりされているほうだと思います――殿方が小さくなっていると、何だか五割増しで気の毒に見える気がします。

手放すのが惜しいと思うほど気に入ってくださっているなんて、書き手冥利に尽きますね。

あまりにも可哀想なので、さあ出せ早く出せと詰め寄るアンナさんに声を掛けました。

「あの、アンナさん。自分が書いたものですから、私、もう一度思い出しながら書きますわ」

「でもそれじゃ大変でしょ？」

「大丈夫です。私も自分で読み返したいと思っていましたし」

そう言って頷き返すと、アンナさんも納得した様子で腰を下ろしました。

ショックを受けた様子だったレオナルド様も、ほっと胸を撫でおろしたようです。

ふぅ、何とかこの場は収まりました。私も小さく息をつきます。

「そろそろシリーズが長くなってきたお話もあるので、序盤の展開も確認したかったですから。ちょうどいいです」

「確認？」

私の言葉に、レオナルド様が顔を上げました。

レオナルド様に物語をお送りするようになって、もういくつお話を送ったのかすぐに思い出せないくらいになっていました。きっと十や二十ではきかないでしょう。

その中には、シリーズになっているお話もあります。例えば、「探偵王子マックイーン」シリーズは、前日譚《たん》も合わせたら五つはお送りしています。

そうなってくると、後から思いついたアイデアが序盤と矛盾していないか、とか、序盤に仕込んだ伏線を拾いたいけれど最初はどう書いたかしら、とか。

読み返さないと自信が持てない箇所が出てきていました。

手元に置いて読み返せるなら、そのほうがきっと良いものが作れます。そのためにも、いつかは書き直したいと思っていました。

あと最初の頃に書いたお話は、正直今よりも粗削りと言いますか……読んでいただくことを意識していませんでしたから。

レオナルド様が読んでくださるようになって、好きなものを書くという部分は変えていませんけれど、読みやすさは少しばかり研究しました。だから今ならきっと、もっとうまく書けると思うのです。

「何を確認するんだ」

「一人称とか二人称とか、固有名詞とか、……伏線とか、でしょうか」

「伏線」

「はい。確認してから書けば、もっと面白くできるんじゃないかと思いまして」

レオナルド様がじっと私の顔を見ました。

何かしらと思って、私もレオナルド様の顔を見つめ返します。

「……今度持ってこよう」

「よろしいのですか？」

「ああ」

くるりと手のひらを返されたレオナルド様に、思わず目を瞬きます。

先ほどのしょんぼり顔はどこへやら、レオナルド様はふっとやさしく口元を緩めて微笑みました。

「お前の物語がより面白くなるなら」

その言葉に、うずうずと身体の奥から「書きたい」という気持ちが湧き上がってきました。

期待してもらえるというのは、嬉しいことですね。

「はい、もっと面白くなるよう頑張りますね！」

ぎゅっと拳を握った私と、力強く頷き返すレオナルド様。

「……お似合いっちゃお似合いなんだけど……何でこう、じれったいかな……」

私たちの様子を見て、アンナさんが何やらぼそぼそと独《ひと》り言《ご》ちました。

第四章

クリスティーネ先生のプロット

アンナさんの伝手で、私の書いた物語を出版していただくことが決まりました。

レオナルド様にお送りした手紙を返していただいて、アンナさんとレオナルド様と三人で、どのお話を本にするか話し合って——結果として、『探偵王子マックイーン』を私のデビュー作にすることを決めました。

最初の三話分を加筆修正して、出版に耐えられるかたちにまで持っていく。それが私のお仕事になりました。

もうすでに一通り書いてあるのだからそんなに作業はないでしょうと思っていたのですが、読み返してみるとあれも直したい、ここも直したい、これだと前後のつながりに矛盾が、ああ、でもここを修正するとあとの辻褄《つじつま》が合わなくなってしまうから——と、結局大幅に手を入れなくてはならないことに気づいたのです。

しかも書いているうちに「探偵王子が依頼人と話している場面に、こんな裏話があったら面白いのではないかしら!?」と、どんどん書きたいものが増えてきてしまいます。

ど、どうせ後から書こうと思っていましたし、それならまとめて書いて手を加えたほうが、整合性もきちんとしたものが出来上がるはず……。

つい夢中になって、レオナルド様へのお手紙の頻度が下がってしまっていました。

レオナルド様はアイスクリームの一口目を床に落としてしまった時のような悲しそうな瞳をしながらも、「お前がやりたいことを大事にしろ」と言ってくださいました。

私の本が出来上がるのを楽しみにしているとも言ってくださっています。

アンナさんがすでに活字職人さんのスケジュールも押さえてくださっているとのことですし、ここはレオナルド様のお言葉に甘えて、可及的速やかに原稿を完成させなければ……！

そう思って、出版原稿の作成に熱心に打ち込んでいた、のですが。

レオナルド様がよくても、レオナルド様へのお手紙が減ったことを心配する人がいるのを、私はすっかり忘れていたのでした。

「あのぅ、レオナルド様」

いつものように差し入れを持ってきてくださって、颯爽と帰ろうとするレオナルド様を、私は引き留めました。

レオナルド様は不思議そうな顔をしましたが、サロンにご案内するうちに表情が明るくなっていきました。よかった、今日は特にお急ぎではないようです。

騎士のお仕事でお忙しいと思って、普段は用事が済んだらすぐにお帰りいただけるように早めに切り上げています。

私がお礼を言うとすぐに帰ってしまわれますから、本当にお忙しい時が多いのでしょう。騎士のお仕事、本の世界でしか知りませんけれど……物語の騎士様は命がけのお仕事が多いですから、きっと、大変なはず。

そんなレオナルド様のお時間をいただくのはたいへん心苦しいのですが、これぱっかりは私一人では解決できません。言いにくさに気まずい思いをしながら、口火を切りました。

「折り入ってお願いが」

「何だ」

「両親が、レオナルド様とお話しする場を設けてほしいと」

私の言葉に、レオナルド様が目を見開きます。

対する私は、申し訳ない気持ちでいっぱいになりました。

私からレオナルド様へのお手紙が減って、もちろんレオナルド様からのお返事も減って。両親はそれを心配しました。

私とレオナルド様の仲がうまくいっていないのではないか、何かご機嫌を損ねるようなことをしてしまったのか、と私に事情を尋ねてきたのです。

両親の心配ももっともです。ですが、分厚い手紙を一方的に送り付けていたあの頃より、私とレオナルド様の関係性はむしろ良好――のはずなので、無用な心配でした。

無用な心配、なのですが。私はその状況を両親に何と説明していいやら困り果ててしまい……とにかく大丈夫だからと繰り返した結果、「レオナルド様もそうおっしゃるなら信じる」というところに落ち着いてしまったのです。

お忙しいレオナルド様をこんなことに付き合わせてしまうのが申し訳ないと小さくなる私に――私も私で執筆で時間がないといえばそうなのですが――レオナルド様は、あっけらかんと言いました。

「そんなことか」

「え？」

「俺は構わない。いつにする？」

「よろしいのですか!?」

「当たり前だろう」

レオナルド様は私を見て、本当に「当たり前だ」と言わんばかりに、堂々と頷きました。

「婚約者として当然のことだ」

「ありがとうございます！」

感激して、思わずレオナルド様の手を握ります。

予想では「何故俺がそんなことを」と渋ったりなさりながらも、結局はおやさしいので協力してくださる、という想定でしたので、スムーズにことが運んで嬉しい限りです。

レオナルド様、私が思うよりずっとおやさしいお方でした。いえ、突如物語を送り付けても許してくださるくらいですもの、おやさしいに決まっていますわ。少し反省いたしました。

レオナルド様は照れくさそうに顔を背けながら、「ああ」とか「うん」とかうぬうぬ言っていらっしゃいます。

レオナルド様を過小評価していたことを反省したまま粛々と手を放し、脇に置いてあった紙の束を取り出しました。

「ではこちら、プロットです！」

「プロット⁉」

レオナルド様が大きな声で私の言葉を復唱しました。

慌てて人差し指を口に当てて、声を潜めていただくように促します。

お父様やお母様に聞こえてしまうのではとひやひやしました。プロットなんて物語を書いていなければ使うことがない言葉ですもの、慎重にしなくては。

レオナルド様は私の意図に気づいてくださったようで、やや声を潜めて問いかけてきます。

「待て、クリスティーネ。何故プロットを？　物語の話か？」

「いえ、両親との会話のプロットです」

「？？？？？」

レオナルド様に紙の束を渡します。

彼はまるで狐につままれたかのような顔で、ぺらりとページをめくりました。

「実は、私が物語を書いていることは何卒《なにとぞ》、両親にはご内密にお願いしたいのです」

「何？」

「その口裏合わせが必要かと思ってプロットを作ってみましたの」

声を潜めて言った私に、レオナルド様は顔どころか全身から「？」マークを迸《ほとばし》らせておりました。

レオナルド様はしばらく口を開け放した後で、はっと思い至ったように私に問いかけます。

「……お前の両親は、本が嫌いなのか？」

「いえ、父は歴史小説が好きですし、お母様もロマンス小説をよく読まれていて」

レオナルド様から放出される「？」マークの量が増えました。

ますます意味が分からない、と言いたげなお顔をなさっています。

いえ、そうですね。

両親が本が嫌いだから、物語を書いていることを内緒にしたい。それが理由であれば分かりやすかったのですが。

「両親が読書好きだからこそ、絶対に秘密にしたいのです」

「何故だ」

「知られたら絶対に読みたいと言われてしまいますもの」

私が小さくため息をつくと、レオナルド様は眉間に皺を寄せて、しばらく黙って何かを考えるそぶりをしてから……やはり首を捻りました。

「何がいけない」

「恥ずかしいのです」

「はず、かしい」

私の言葉を反芻するレオナルド様。

そうなのです。恥ずかしいのです。

読書好きの両親ですから、私が物語を書いていると知ったならきっと読ませてほしいと言うでしょう。

そして読んだらきっと、面白くても面白くなくても、感想を言おうとすることでしょう。

それを想像しただけで、羞恥で倒れそうになって身悶《みもだ》えしてしまいます。

「俺には手紙で送って寄越しただろう。何が違うんだ」

「あ、あの時は、顔も知らない方でしたから」

「知らない人間に読まれるのは恥ずかしくないのか」

「そうですね」

「??????」

レオナルド様の眉間の皺がますます深くなりました。頭の傾きの角度も大きくなった気がします。

これぱっかりは気持ちの問題ですから、私もうまく説明できませんし……説明して分かっていただけるとも思っていません。

両親は私が生まれた時から知っています。当たり前ですけど。

どんな子どもで、どんなことが好きで、どんなことが嫌いで……どんな本を読んで、どんな経験をしたか。

そのあたりをそっくりそのまま知っている両親に物語を読まれるというのは、まるで物語を通して私の心の中を見透かされているようで。

たとえば、この主人公の台詞《せりふ》、昔あの子が言いたかったけど言えなかったことなのかしら、とか。
○○が好きだったからその影響を受けたのかしら、とか。
こういう素敵な殿方が現れないかと待っているのね、とか。

このキャラクター、昔お友達だった○○さんに似てるわね、とか。

素人質問で恐縮ですがここは前述の世界設定と矛盾していませんか？　とか。

そういうのが一切合切、全部まとめて恥ずかしいのです。

言い当てられても恥ずかしいですし、全然そんなことを意識していませんでしたという幼少期のことまでほじくり出されたりしてももう、とんでもなく恥ずかしいのです。

影響されていません。だって覚えてないんですもの。

でも、いまだに誕生日ケーキの蠟燭《ろうそく》を消そうとしたら前髪を焦がしてちりちりにしてしまったことを毎年のように話されるのです。こういうことが他にも山のようにあるのでしょう、というのが火を見るよりも明らかでした。

どんなお話を読んだとしても、きっとそういう感想が出てくるに決まっています。だから絶対、内緒にしたいのです。

「私とレオナルド様はごく普通の文通をして、ごく普通に交流を深めていることにしていただきたいのです」

「ごく普通に」

レオナルド様が私の言葉を反芻しました。

「ごく、普通に……？？？」

レオナルド様が困惑しています。

無理もありません。

そうなのです。

私たち二人とも、ごく普通の文通を知らないのです。

最近送っているエッセイは割と普通のお手紙に近いかもしれませんけど、大半は物語とその感想です。

物語のことを除いてしまえば、文通の内容を語ることは非常に難しくなります。

そこで、プロットが必要になる。私はそう考えたのでした。

「レオナルド様が物語以外にはご興味がないのは承知しておりますが」

「待て」

「両親を心配させたくないのです」

「俺は」

「これも心置きなく物語を執筆するためですので、どうか」

「協力しよう」

レオナルド様が力強く頷いてくれました。

さすがはレオナルド様、頼りになります！

乗り気になってくださったレオナルド様と二人してプロットを覗き込んで、説明を始めます。

「まずお互いどのような部分で気が合っているのかというのを話してお父様たちに安心していただこうかと」

「いい案だ」

「そこでお菓子を主軸に据えました」

「お、お菓子？」

レオナルド様が素っ頓狂な声を出しました。

そしてぱちぱちと目を瞬いて、私の顔を見つめます。疑問にお答えすべく、何故その展開にしたのか、経緯説明を開始しました。

「レオナルド様はよく差し入れにお菓子を持ってきてくださるので、お好きなのだと思ってそこから着想を得たのですが」

「着想を得てしまったのか……」

レオナルド様が頭を抱えました。

あ、あら？

てっきりレオナルド様もお菓子がお好きなのだと思っていたのですが……もしかして、違う？

「実は俺はさほど菓子に興味はない」

「えっ」

「お前が喜ぶから買ってきているだけだ」

「そ、そうなんですね!?」

まったく知りませんでした。

そういえばお茶を一緒にいただく時にも、あまりお菓子を召し上がっていなかったように思います。

お忙しいからゆっくり食べている時間がないのだと思っていましたが……そういう理由もあったのでしょうか。

……あら？

それでは、お忙しいと思って差し入れにきたレオナルド様を速攻でお帰ししていたの……もしかして、ものすごく失礼だったのでは……。

「俺は菓子の話をされても答えられない。無理があるのではないか」

「そうですね……では第二案で参りましょうか。次のページをご覧ください」

プロットをめくります。

こんなこともあろうかといくつか案を考えてあったのです。

「レオナルド様はおじい様の代から『ゴードン家の娘と結婚しないと災いが降りかかる』と言われて育ったのですが」

「待て待て待て」

レオナルド様からストップがかかりました。

何でしょう、まだ序盤も序盤なのですけれど。

「災い？　何だそれは？」

「私、考えたんですけれど。私の家とレオナルド様の家では家格が釣り合いません。いくら祖父同士の約束とは言え、書面を取り交わしたものでもなかったようですし……断ることは出来たはず」

「それは、……そうだな」

レオナルド様が初めて気が付いたというように、はっと息を呑みました。

そのご様子だと当のご本人は約束を反故《ほご》にするという考えには思い至らなかったようですけども。

レオナルド様に向き合って、ぴんと人差し指を立てて見せます。

「なのに婚約したままでいるというのは、いささかリアリティに欠けると思いまして」

「リアリティ」

「理由づけが必要だと思いましたの」

「それで災いか」

神妙な面持ちで頷くレオナルド様。

ご納得いただけたようで何よりです。プロットに沿って説明を再開します。

「レオナルド様のお家は代々祓魔《ふつま》の任を陰ながら負っていて」

「祓魔の任を……!?」

「騎士の家系と伺っていますので、そういうお家があっても不思議はないのではと」

「な、なるほど……?」

騎士というところから膨らませてみたのですが、このあたりは是非とも、本物の騎士であるところのレオナルド様のご意見を伺いたいと思っていた部分でした。

レオナルド様は最初は驚いた顔をしていましたが、プロットに目を通しながら「ふむ」と顎に手を当てて何度も頷きました。

「俺も騎士として働いて何年か経つが……表に出ない暗部があるとか、戦争時代の幽霊話とか。俄《にわ》かには信じがたいような噂話《うわさばなし》には事欠かない。祓魔、というのは聞いたことがないが……昔、騎士が『魔物』と言われるものの討伐に駆り出された、という伝説のような話なら、確か……」

「まぁ！　火のないところに煙は立ちませんもの！　きっといくつかは本当だったり、元になった逸話があったりするはずですわ！」

ぽんと手を打ちます。

やっぱり、思った通りです。騎士団の歴史は長いですし、おとぎ話でも騎士様はたくさん登場します。

一騎当千の騎士が国を救ったり、ドラゴンからお姫様を助けたり。本当かどうかはさておいて、そういう「ロマン」のあるご職業であることは間違いありません。

「代々騎士としてのお勤めを果たしながら、裏では人知れず魔物とも戦う家系……そして、我がゴードン家はその因縁の相手」

「祓魔の騎士の敵……魔物使い、ということか？」

「いえ、同じ祓魔の任を負う宿敵、というのはどうかしら、と思いまして」

「なるほど。そうなると祖父同士がライバルということか」

「それ、いいですわね！　祖父時代の過去編を挟むのも面白そうです！」

興味深いお話に居ても立っても居られなくなって、部屋からインクとペンを持ってきました。

二人でプロットを囲みながら、あれこれアイデアを出し合って改良していきます。

「災いが降りかかる、というのは私のおじい様がレオナルド様のおじい様にそういう呪いをかけた……ということになっていますが、本当は違うのです」

「何？」

「強い力を持った魔物に身体を乗っとられかけた私のおじい様が死の間際、世界に希望を残すため、命を賭して魔物の呪詛《じゅそ》の形を歪《ゆが》めたのです！　それはつまり、私とレオナルド様が結婚すれば……」

「世界に災いが降りかかることはない？」

「その通りです！」

私が肯定すると、レオナルド様が「おお！」と表情を明るくしました。

いつもは一人で考えていますけれど、レオナルド様のお手紙で「こういうエピソードを書いたらもっと楽しんでいただけるかしら？」と思いつくこともあります。

アンナさんのリクエストで物語を書く時も同じで、思いもよらない視点があると知れることはとても刺激になります。

こうしてお会いしてお話ししながらアイデアを出し合えるのも、新鮮でとても面白いです。

レオナルド様が喜んでくださっているということは、きっとこれは楽しいお話になりますね！

「呪詛か。騎士団では呪われた馬具の話を聞くな」

「まぁ！　そんなものが!?」

「いや、単にその馬具を使ったものが次々に怪我《けが》をするから、使われなくなったというだけのものだが。前々から何故捨ててしまわないのか不思議だったんだ」

「そ、その話、詳しく聞かせてください！」

レオナルド様からいろいろと騎士団に伝わる逸話を教えていただいて、ノートにたっぷりどっさりメモを取りました。

ノートを胸に抱いて、満足感でいっぱいでした。ふうと息をつき、ソファの背もたれに身体を預けます。

ああ、もう早くお話を書きたい、完成させたい。そんな気持ちがどんどんと溢れてきていました。

「ネタ出しにご協力ありがとうございます！」

「構わない。これでお前が面白い物語を書けるなら……」

レオナルド様が照れくさそうにそっぽを向きました。

しばらく二人の間に沈黙が満ちて、そして。

「…………っは!?」

と、顔を見合わせました。

「違う、物語を書こうとしているわけではないぞクリスティーネ！」

「そ、そうでしたわ！　私ったらすっかりいつもの癖で……」

「……何やってんの？」

二人して慌てているところに、ノックとともにアンナさんが現れました。


迎えた、お父様とお母様と、レオナルド様の対面の日。

サロンにお通ししたレオナルド様のお隣に座って、私は緊張でごくりと生唾を呑み込みました。

あの後アンナさんに相談して、どうしたらいいかを一緒に考えてもらったのです。

でも、私にはそれが成功するかどうか……実はあまり、自信がありません。

いいえ、でもあのしっかり者――本人は「ちゃっかり者」と言っていましたが――のアンナさんの作戦ですもの、きっと大丈夫です。

そう唇を噛み締めて、両親と対峙《たいじ》していました。

挨拶もそこそこに、お母様が興味津々といった様子で、私たちに問いかけます。

「いつもお手紙ではどんなお話を？」

「いやだわ、お母様ったら……」

私はそう言いながら、俯きます。

そしてアンナさんのご指導のとおり、「両親に自分の書いた物語を目の前で音読される」様子を思い浮かべました。

「恥ずかしいです」

恥ずかしいです。

言葉の通りものすごく、今すぐ脱兎《だっと》のごとく逃げ出してしまいたいくらいに恥ずかしいです。

そんなことをされるくらいなら、前髪をちりちりにした話をされるほうがずっとずっとマシです。

両親が黙ったのを確認して、作戦その二に移ります。

隣に座っているレオナルド様の手に、そっと自分のそれを重ねました。

「…………」

ちらりと窺うと、レオナルド様の顔がみるみるうちに真っ赤になっていきます。

アンナさんが「レオナルド様は練習の必要ないよ」と言っていた意味がよく分かりました。

レオナルド様、本当に照れ屋というか……恥ずかしがり屋さんというか。

文机に座るのが女々しい、とおっしゃるくらいですもの。それよりもっと女々しいかもしれないこの行為が、きっと恥ずかしくて仕方ないのでしょう。

「まぁ！　まぁまぁまぁ!!」

お母様が喜色満面といった声を上げました。

こういう時の反応が私と似ていて——遺伝の力を感じます。

そして隣に座っているお父様の腕を取って「貴方《あなた》、見ました⁉」と鼻息を荒くしています。

お父様は頭を抱えて「うむ……」と唸っていました。

お父様の反応がイマイチなのを見てか、お母様はレオナルド様に向かって身を乗り出し、頭を下げました。

「レオナルド様！　少しぼんやりしたところのある娘ですけれど、何卒よろしくお願いします！」

「え」

レオナルド様が目をぱちぱち瞬いています。

何故そんな話になるのかと言いたげなレオナルド様を置いてけぼりにして、今度はお父様が俯いたままでぼそぼそと言いました。

「私からも……レオナルド殿。娘をよろしく頼む……グスッ」

「あ、ああ……」

お父様、泣いていました。

レオナルド様の表情を窺うと、レオナルド様も私を見て、同じようにばつの悪そうな顔をなさっていました。

おそらく作戦は成功ですが……何でしょう。何となく、とっても、良心が咎《とが》める気がいたします。

第五章

クリスティーネ先生の取材

改稿作業の合間に、レオナルド様がまた差し入れを持ってきてくださいました。

手紙が減ったことを心配されているのなら、会う時間をこまめに作ればいい、とのご提案からです。

それだとレオナルド様にご足労をおかけしてしまうので躊躇《ちゅうちょ》しましたが、毎回私の好きなお菓子や物語にまつわる差し入れをしてくださるので、お言葉に甘えて受け取ってしまっています。

ネタ出しを手伝ってくださった時に私がとても喜んだからか、時々お話にも付き合ってくださいます。

騎士団のことや、家族のことを話してくださることが増えました。話題によってはメモを取らせていただくこともしばしばです。

やっぱり生きた体験談というのは得難いものがありますから。

その日もお話を伺っていて——ふと、気になったことを何の気なしに、問いかけてみました。

「レオナルド様は、普段はどんな物語を読まれますの?」

「…………」

レオナルド様が黙りました。

しばらく黙ってから、渋々といった様子で口を開きます。

「あまり読まない」

「え?」

「そもそも、お前の物語を読むまで……読書が好きではなかった」

「え????」

読書が、好きでは、ない????

そんな方が、いるのですか????　この世に????

いえ、もちろん世界は広いですから、いるとは思うのですけれども。

レオナルド様がそうだとは思っていなかったので、ぽかんとしてしまいます。

だっていつも、私の物語をしっかりと、細かいところまで読み込んでくれているのですもの。

「勉強の類が嫌いだった。手紙もそうだ。机に向かって勉強したり、物を書いたり。女々しいことで、俺には必要ないと思っていた」

「女々しい、でしょうか」

「……いや。今は女々しいとは思っていない」

レオナルド様が苦笑して、ゆるゆると首を振りました。

「自分が苦手だから、騎士には必要ないと言い訳をしていただけだ」

レオナルド様のお家は代々騎士の家系だと伺っています。

お父様も騎士、叔父様も騎士、お母様のお父様——おじい様は騎士団総帥。

改めて考えてみると、本に向かうより剣と向き合うような、そういうお方であるというほうがしっくりくる感じがいたします。

私の物語をとても楽しんでくださっているので、そんなことにも思い至りませんでした。

「物語も……昔、親類から勧められて、初めて読んだのが軍記物語だった。だがまだ子どもだった俺には退屈で、まったく入ってこなかった」

「それは……絵本から始められたほうがよろしかったのでは……」

「……たんだ」

「はい？」

レオナルド様が言いにくそうに、ぼそぼそと呟きました。

聞き返すと、ちらりと私のほうを見て――目を逸らして、ややぶっきらぼうに言います。

「大人が読む物が読めたら、かっこいいと思ったんだ」

「まぁ」

思わず両手で口元を覆いました。

何とも可愛らしい理由です。

レオナルド様、小さな頃はどんなお子様だったのでしょう。

今は殿方の中でも背が高いほうだと思いますが……端整なお顔立ちですし、もしかしたらとても可愛らしかったりして。

想像するとなんだかにこにこしてしまいます。

「それ以来苦手になって、避けていた。だが今は……お前のおかげで苦手ではなくなって、感謝している」

「そんな、私は何も」

「字は下手なままだが」

レオナルド様が苦笑いしました。

最初はすわ脅迫状かダイイングメッセージかと思いましたけれど、今は見慣れたおかげか、お人柄が分かったおかげか、個性的な字もあまり気になりません。

何より、一生懸命書いてくださったことがよく分かっているので、むしろあたたかい気持ちになります。

ふと、レオナルド様が私の部屋の本棚に視線を向けます。

放っておくと部屋を本の塔だらけにしてしまうので、部屋に置いておくのは特にお気に入りの一部だけに留《とど》めていました。他の本は屋敷の書庫に置いてあります。

それでも、初めて私の部屋を見た友人たちは皆驚くくらいの量があるのですが。

レオナルド様も初めて見た時には「ここは書庫だろう。お前の部屋はどこだ」とかおっしゃっていましたっけ。

「もし、あの時俺が読んだのが、お前が書いた物語だったら……もしかしたら、読書が好きな子どもになっていたかもしれない」

どこか遠くを見るような瞳で、まるで独り言のように呟くレオナルド様。

ご自分の子ども時代を思い出していらっしゃるのでしょうか。

そんな風に言っていただけると、書き手冥利に尽きますね。

少し照れてしまいますけれど――やっぱり、嬉しいです。

しばらく本棚を眺めていたレオナルド様が、ふと私に向き直りました。

「お前は、軍記物語を書くつもりはないのか？」

「軍記物語、ですか？」

急に問いかけられて、ぱちぱちと目を瞬きます。

これまで書いた物語にはいろいろな舞台の物がありますけれど……騎士とか戦争とか、そういったものを主軸に据えたものはまだ、書いたことがありません。

お父様が歴史小説好きなので、書庫にはそういった本もたくさんあります。もちろんたくさん読みました。

その中で、「もしこの戦いで、史実と違う軍が勝っていたなら」とか、想像したことはあったはずなのですが。

言われて気が付きました。アンナさんに婚約破棄モノを、と言われた時もそうでしたが、読んだことはあってもチャレンジしたことのないジャンルが、世の中にはまだまだたくさんあるのですね。

ああ、どうして人生って一回しかないのでしょうか。

書きたいものを全部見つけるのに、一度の人生だけではとても足りません。

「お前が書いたものなら楽しめると思う」

レオナルド様が、じっと私を見つめながら言いました。

期待してくださっているのが伝わってきて、わくわくしてきます。

子どもの頃のレオナルド様に向けてお話を書くなんて、何だか面白そうだと思いました。

そして、はっと思い至ります。

先日レオナルド様にお話を伺ってから、私は騎士団に興味が出ていました。

いつか取材に行ってみたい。でも皆様一生懸命働いていらっしゃるのに、興味本位の私が行ったらご迷惑になってしまうかも。

そう思うとなかなか言い出せなかったのですが……これはもしかして、チャンスなのではないかしら?

「レオナルド様、私、騎士様のお仕事について知りたいです!」

はいっと勢いよく挙手した私に、レオナルド様が一瞬目を見開きました。

しかしすぐに自信ありげな表情に戻って、ふんと鼻を鳴らしました。

「ああ、いくらでも聞いてくれ」

「ではいつがご都合よろしいですか?」

「今ではダメなのか」

「え？」

きょとんとした顔のレオナルド様。

何やらお話がすれ違っている気がして、もう一度はっきりと、私の要望をお伝えします。

「騎士団に取材に伺いたいのです」

「……騎士団に？」

先ほどまでとっても乗り気のご様子だったレオナルド様の表情が、みるみるうちに曇っていきます。いつだったかアンナさんも言っていましたが、考えていらっしゃることが全部顔に出るお方です。

レオナルド様は少しのけぞって、意気込んでいる私から距離を取りながら、もごもごと歯切れが悪く言い募ります。

「しかし、隊舎は女人禁制で……」

「王城での訓練の見学だけでも……いけませんか？」

レオナルド様が視線を泳がせます。

迷っているのが見ている私にも伝わってきました。

こういう時は、押せ押せです。また身を乗り出して、真剣さが伝わるように、じっとレオナルド様の青い瞳を見つめました。

「きっと軍記物語を書くために役立つと思うんです」

「う、」

「取材をしたら、その分良いものを書くとお約束します」

じーっとレオナルド様を見ながら頼み込むと、そっと彼が私の肩に手を置いて窘めます。

浮かせかけた腰をソファに下ろすことになりました。

レオナルド様は右手で両目を覆っていましたが、やがてはぁと大きくため息をつきながら、言いました。

「……分かった。上官に相談しておく」

やったーと諸手《もろて》を上げると、レオナルド様はやれやれと呆れたように笑っていました。


上官の許可が下りてしまった。

仕方がないので、クリスティーネを城まで連れてきたが……今からでも引き返すべきかと迷っていた。

そもそも女性を連れてくるようなところではない。

男ばかりだし、下級の騎士の中にはさほど身分の高くない者もいる。いかにも箱入りというか、男くささに慣れていないであろうクリスティーネには悪影響なのでは。

いや、悪影響に決まっている。

それにどう考えても同僚や上官に揶揄《からか》われる。というかもう存分に揶揄われた。俺はいいがクリスティーネが揶揄われるのは気の毒だ。

帰ろう。何とか頼み込んで帰ってもらおう。

そう心に決めて横を見ると、クリスティーネがいなかった。

「はっ!?」

慌てて周囲を探すと、向こうで洗濯物を片付けている侍女と会話していた。

ほっと胸を撫でおろす。

侍女なら、まぁ、いいか。男でなければ。

……いや、何を安心しているんだ、俺は。男だったら何だというんだ。

「あれか、レオナルドの奥さん」

にやにやしながら同僚が寄ってきた。

昨日話した時には慌てたり嫌がったりするとさらに揶揄われたので、諦めて堂々と対応する。

「婚約者だ」

「何か、こう……」

追加で寄ってきたもう一人と一緒に目を細めて、同僚たちがじっとクリスティーネのほうを見る。

何だ、その目は。

妙な目でクリスティーネを見るな。

「すごく細い」

「か弱そう」

「大丈夫か？　お前めちゃくちゃガサツだろ。手とか握ったら折れちゃいそう」

「おい、うるさいぞ」

好き勝手なことを言う二人を一喝する。

確かに俺は繊細ではないが、ガサツではない。と思う。

クリスティーネは確かに華奢《きやしや》で小柄だが、それをこいつらに言われると何故だか無性に腹立たしかった。

というか見るな。興味を持つな。

「あ、話しかけに行った」

「は!?」

同僚の声に振り向けば、クリスティーネが部下の騎士と話をしている。

にこにこと愛想よく笑っている姿に、落ち着かない気持ちになる。

そんなに愛想よくする必要はあるのか？　話を聞くだけなら真顔でもいいんじゃないのか？

思わずそう止めに入ろうとしたが……クリスティーネは部下の言葉に頷き、熱心にメモを取っている。

そうだ。今日、クリスティーネは取材のために来ているのだ。

しかも俺が書いてほしいとリクエストした、軍記物語のための取材である。邪魔をするわけにはいかない。

というか、リクエストを聞いてもらえるというのは改めて考えるとすごいことではないか。

アンナ嬢もクリスティーネにあれやこれやと注文をしていたようだが……俺のリクエストも聞いてもらえるとは思わなかった。

役得……いや、これは決して、職権乱用というわけでは。

そんなことを考えていると、風向きが変わったのか、クリスティーネと部下との会話がかすかに、耳に入ってきた。

「レオナルド様って、奥様といる時はどんな感じなんすか？」

「レオナルド様ですか？」

だから奥様じゃない。婚約者だ。

何を聞いているんだお前は。

部下がクリスティーネの頭越しにこちらを見て、にやにやしている。

クソ、あいつらまで俺を揶揄っているのか。

クリスティーネはそんなことなどつゆ知らず——というか「奥様」はいいのか、クリスティーネ。せっかく俺が都度都度訂正しているというのに——少しだけ考えるような間を置いて、答えた。

「いつも私を励ましてくださいます！」

こちらからは見えないが、クリスティーネの無邪気な笑顔が想像できた。きっとぎゅっと両手を握っているに違いない。

「お前、顔溶けてるぞ」

「本当、全部顔に出るな」

「メロメロじゃん」

「な、違う、俺は」

「あ、奥さんどっか行きそう」

「何っ!?」

クリスティーネのいた場所に視線を戻すが、もうそこに彼女の姿はなかった。

城の出入り口付近にいる上官を見つけたようで、そちらに向かって駆け出している。

ああ、何故そんなにうろちょろと……！

「クリスティーネ、待て！　俺も行く！」

走ってクリスティーネを追いかける。

背後で、同僚たちが何やらぼそぼそと言い合っていた。

「初心《うぶ》だな、アイツ」

「……まさか手も握ってない、なんてこと……ないよな？」

「さすがにそれはないだろ」

「だよなぁ」


「それでお前、婚約者とはうまくいってんのか？」

何とかクリスティーネを馬車に詰め込んで強制送還したものの、翌日にもそう同僚から尋ねられた。

昨日あれだけやいやい言ったのに、まだその話をするつもりかとため息をつく。

「至って良好だ」

以前ならば「興味がない」とあしらっただろうが、今は違う。

クリスティーネとの仲は言葉の通り、至って良好だ。胸を張って堂々と答える。

「手紙のやり取りもしているし、クリスティーネの家を訪ねることも多い」

「ならいいけどよ」

「デートとかちゃんと連れてってるか？」

「……デート？」

同僚が口にした単語を反芻した。

デートというのは、恋人同士の男女が二人で出かけるあれのことだ。

婚約者同士で出かける時にもその言葉は当てはまるだろう。

言われて考えてみる。頻繁に茶を飲んではいるが、あれは出かけていないからデートには入らない、のか？

俺が首を捻っているのを見て、もう一人の同僚がさらに問いを重ねる。

「夜会に一緒に出たりとか」

「夜会？」

最近の夜会は警護側として参加することが多い。最後に踊る側で参加したのは……もう一年以上前だったか。その時は夫が仕事で不在にしていた姉のエスコート役で参加したのだ。

夜会の日は他の騎士たちが休みを取りたいというので、特に興味のない俺がシフトを代わってやることが多かった。

おかげで昼間に休みを取れて助かっている。そのほうがクリスティーネを訪ねるのに都合が良いからな。

夜会に行っていないからそれがなんだと同僚の顔を見れば、恐る恐るといった様子で尋ねられた。

「……まさか、まだドレスも贈ってないとか言わないよな？」

「それがどうした」

まさかも何も、クリスティーネがドレスを欲しがったことがないので、贈っていない。

プレゼントは菓子か花、形に残るものではインクやガラスペンが多かった。クリスティーネが喜ぶからである。

珍しい色のインクを差し入れした時には「この色に似合う物語を書いてみたいです！」と意気込んでいた。今度は書き心地が良いと評判の羊皮紙をプレゼントしようと取り寄せているところだ。

クリスティーネはドレスが好きなのかどうか、俺は寡聞にして知らなかった。

俺を見て唖然と口を開け放していた同僚たちが、こちらに歩み寄ってきた。そして俺の肩を摑むと、幼子に言い聞かせるように言う。

「レオナルド。お前はちゃんと勉強したほうがいい」

「何をだ」

「これ貸してやるから」

「何だこれは」

「『女の子の気持ちを射止めるためにすべき七の方法』」

渡されたのは、本だった。

クリスティーネがよくあれやこれやと文机に広げているものと違って、紐《ひも》でとじられているだけの簡単なものだ。

女の子の気持ちを、射止める？

ふ、と頭の中にクリスティーネの笑顔が浮かんだ。

射止める、という言葉はあまりピンと来ない。

だがやはり婚約者同士、仲が良いに越したことはないだろう。今だって良好な関係だが……

クリスティーネと直接会って、考えていることや感じたこと、興味のあることを聞くのは面白い。

クリスティーネが楽しそうにしていると安心する。

三回に一度ほど送られてくるエッセイ以外にも、楽しげな様子が見られる機会が増えるなら、それは悪くないことのように思えた。

素直にそれを受け取った俺を、同僚たちが珍獣でも見るような目で眺めていた。

帰宅後、借り受けた本に目を通す。文章がとても短く文字が大きいし絵が多いので、俺でも読むことが出来た。

物語ではなく、指南書だ。それでも面白いとは思えず、ついクリスティーネの書いた物語と比べてしまう。

クリスティーネが書いたなら、きっともっと面白い文章になるだろうに。

面白くはなかったが、ものすごく歯が浮くというか、むず痒い気持ちにはなった。

以前「あたたかい婚約者」というのがよく分からずに頭を抱えたが、ここに書いてあるような行動をすれば「あたたかい」と認識されるのだろうか。

あたたかいどころか、頭が熱くなる。

ドレスを贈るのが求愛だの、デートは恋愛物の歌劇が鉄板だの、初回デートのおすすめファッション、些細《ささい》な変化にも気づいて褒めてあげましょうだの、一輪の花にもきゅんとしますだの。

何だこれは。こんなことを実行している人間がこの世にいるのか？　本当に？

あと七と書いてある割に内容は全然七つに絞られていない。看板に偽りありだ。

だが……同僚が「ドレス」だの「デート」だの言っていたのは確かで、本にもそれが書いてある。

思い起こせば、騎士仲間がまた婚約者にドレスをねだられたとか、歌劇に付き合わされてあくびが出たとか、そういった愚痴を言っていた、気もしてきた。

求愛。

愛。

やはり何ともむず痒いが、婚約者である。将来家族になるのだ。愛情があって困るものではないだろう。

そう決心して、次にクリスティーネのもとを訪ねた折、ドレスについて切り出してみることにした。


「クリスティーネ」

差し入れに珍しい果物を持ってきてくださったレオナルド様が、何故か意を決したように私の名前を呼びました。

レオナルド様に視線を向けると、彼は膝の間で軽く組んだ指を何度も組み替えて、目を泳がせています。

何だかとても、言いにくそうというか、気まずそうです。

「お前はどういう、ドレスが好きだ？」

「ドレスですか？」

唐突な問いかけに、目を瞬きます。

ドレス。今着ているのは濃紺のシンプルなものです。

普段着ですから華やかさはありませんが、襟の形とか、私は結構気に入っています。

レオナルド様がどうしてそんなことを聞かれるのか分からないままに、とりあえず当たり障りのない答えをしてみます。

「ええと。色は黒とか、紺とか。濃い色が好きです」

「そうか」

「はい！　袖口がインクで汚れても分かりませんから！」

「…………」

レオナルド様がしかめっ面で黙ってしまいました。

どうやら何かお気に召さなかったようです。

レオナルド様はしかめっ面のままで咳払《せきばら》いをして、言い直します。

「普段使いではなく、夜会用のドレスだ」

「でしたら異国のドレスが気になっています！」

はいっと手を挙げました。

今書いているラブロマンスで、異国出身のヒーローに合わせてヒロインが彼の出身国のドレスを着るというエピソードを考えていました。

異国のドレス、遠目には見たことがありますし、本を読んで構造も勉強しましたけれど、あまりピンと来なくて……。

もう本に載っている型紙をもとに自分で作るしかないのかしら!?　と思っていたところです。

もし実物が間近に見られるなら、それに越したことはありません。

異国のドレスとそれにまつわるラブとロマンに溢れる物語に思いを馳せていると、レオナルド様がしかめっ面のままで言いました。

「……それは資料じゃないのか？」

「？　はい」

頷きました。

もちろん資料です。やっぱり実物に勝るものはありませんね。

レオナルド様はふーと大きく息をつきながら、眉間を押さえて頭を横に振りました。

そしてもう一度顔を上げて、真剣な顔で私を見つめます。

「ドレスの件は——置いておいて。今度、その……息抜きに、一緒に出かけないか」

「まぁっ！」

レオナルド様からのお誘いに、私は両手をぱちんと打ちました。

誘っていただけてとっても嬉しいです。ちょうど私もレオナルド様にお願いしようと思っていましたもの。

「でしたら私、行ってみたいところがあります！」

「どこだ、どこでも連れて行くぞ」

「騎士団には寮に住まれている方も多いと伺いました！　ぜひ一度見てみたくて」

「寮」

レオナルド様が私の言葉を繰り返しました。

そして、先ほどのしかめっ面に戻ってしまいます。

あら？　一瞬ご機嫌がよさそうなお顔になったと、思ったのですが。

「それは取材じゃないのか？」

「？　はい、取材ですけれど」

「……………」

頷きました。

もちろん取材です。やっぱり現地での体験に勝るものはありませんもの。

レオナルド様は黙って、また細く長く、ため息をつきました。何だか少し疲れた顔をなさっているような気がします。

「寮は女人禁制だ」

「そうですか……それは残念です」

がくりと肩を落とします。

ダメでもともとは思っていましたが……やっぱりダメでした。

ですが、そもそも寮というものに馴染《なじ》みがないのでとても気になるのです。

本で読んで、想像を巡らせて——前に留学先では寮に住んでいたというアンナさんにお話を聞いてみたりもしましたけれど、貴族子女が生活する寮と、騎士団の寮とではきっと勝手が違うはず。

他でもない騎士であるレオナルド様に読んでいただくのですから、お話とはいえ描写の甘さがノイズになって楽しめない、なんてことがないようにしたかったのです。

「レオナルド様に楽しんでいただけるような軍記物語を書きたくて……せっかくですからリアリティを追求しようかと思ったのですが」

レオナルド様はしばらく黙って、口をもごもごさせていました。

そしてやがて、根負けしたように言います。

「寮は無理だが、騎士がよく利用する城の食堂なら」

「お城の食堂!?」

ぱっと顔を上げて、身を乗り出してレオナルド様の瞳を見つめます。

お城に勤めている方か騎士の方しか利用できない場所と聞いています。そんなところに入ることが出来るなんて、またとない機会です。

そもそも私、街の食堂にも入ったことがありません。一応貴族の身の上ですので、利用したことがあるお店はアンナさんと一緒に入ったカフェやテイラーくらいです。

連れて行ってくださるなんて、レオナルド様にお願いしてみて良かったです。楽しみでわくわくしてしまって、その場で立ち上がってくるりと一回転しました。

「まぁ、まぁまぁ！　私、食堂って初めてです！」

レオナルド様はそんな私の様子を見て、ふっと少し呆れたように笑いました。

あら、いけません。ついはしゃいでしまいました。ちょっとはしたなかったでしょうか。

すとんとソファに腰を下ろして、スカートを直します。そして今度は身を乗り出しすぎないように気を付けながら、レオナルド様に問いかけました。

「ぶ、部外者が入っても問題ないのでしょうか⁉」

「……ああ、騎士である俺と一緒なら問題ない」

「そうなのですね！」

レオナルド様の言葉にほっと一安心します。

初めて行く場所ですから、勝手を知っている方が一緒に来てくれるというのはとても心強いです。

本で読んだみたいに、貼り紙のメニューから選んで注文をしたりするのでしょうか？

上手に選べるでしょうか？　今からどきどきです。

レオナルド様はふっと目を細めて、やさしい声で言いました。

「案内する」

「本当ですか⁉　嬉しいです！」

本当に嬉しくて、楽しみで。

ぱっと頭に、お城の食堂の風景が浮かびました。まだ見たことのない、空想の食堂。

そうだわ。軍記物語であっても——戦場だけが舞台とは限りませんよね？

剣術の腕はあまり強くない騎士が、食堂のシェフとして活躍するお話はどうかしら。

軍記物語のエッセンスは入れつつ、殺伐とした戦いの世界でほっこりするような食事のお話をメインに展開していく。

これなら私も楽しく書けて、レオナルド様にも楽しんでいただけるのでは。

わくわくがまた、目の前をきらきらと輝かせ始めます。

そのためにもやっぱり、まずは取材ですね！

ぎゅっと両手を握りしめて、気合いを入れました。

「しっかり取材して、リアリティのある軍記物語を書きますね！」


「…………レオナルド」

「何だ」

「俺たち言ったよな？　デートしろって」

「ああ」

「何で嫁さん食堂に連れて来てんだよ!!」

「嫁じゃない、婚約者だ」

クリスティーネと一緒に城の食堂にやってきた。

クリスティーネの分の食事を運んでやって、飲み物を取りに来たところを同僚の騎士たちに呼び止められる。

揶揄われるかと思いきや、何故か怒られていた。

声を荒げられる理由が分からずに首を捻る。

「クリスティーネが見てみたいと言うから連れて来ただけだ」

「馬鹿、お前、ほんと馬鹿」

一人は頭を抱え、一人はがっくりと肩を落とした。

何だ。何故俺が罵られなければならない。

クリスティーネは初めて訪れる食堂にたいそう喜んでいた。目をきらきらさせていろいろと質問をする姿に、迷ったが連れて来てよかったという気分になる。

Aセットにするか B セットにするかで悩んでいたので、俺がAセット、クリスティーネがBセットをそれぞれ頼んで気になるメニューをシェアすることにした。

早く飲み物を持って戻ってやらないと、クリスティーネが食事を始めることが出来ずに困ってしまう。

視線で「早く戻りたい」と伝えると、同僚の一人がポンと俺の肩に手を置いた。

「分かった、お前らには色気が足りない」

「色気？」

「ほら、これ貸してやるから」

俺のジャケットのポケットに、何かがねじ込まれた。

前に押し付けられた簡素なつくりの冊子と似ている。大きさはあの時の本よりも小さい、手のひらに収まるくらいで、それはすっぽりとポケットに収まった。

両手がグラスで塞がっている俺は、それを取り出して確認することが出来ない。

「何だこれは」

「女の子が悦《よろこ》ぶ方法が書いてある」

「女が喜ぶ方法……？」

にやりと笑いながら言った同僚は、最終的に「頑張れよ」と激励して去っていった。罵ったり激励したり、何がしたいんだ、あいつらは。

その後急いでクリスティーネのもとに戻り、一緒に食事を楽しんだ。

茶や菓子を一緒に食べたことはあったが、食事を共にするのは初めてだった。

クリスティーネの一口があまりに小さくて驚いた。女性というのは皆こうなのだろうか。姉さんはもう少し、がばっと口を開けて食べていたような。

食事をしながらも、あれやこれやと質問をしてきたり、彼女が今考えている物語の話をしたり。

楽しそうに話すクリスティーネにつられて、俺も話に夢中になった。

だから屋敷に戻って、ジャケットから出てきた本を執事に手渡されるまで、その存在を忘れていた。

まぁどうせまた、ちょっとしたことでも褒めろとか、何でもない日の贈り物が効果的だとか、そういうことが書いてあるのだろう。

前回はそれなりに真面目に目を通したが――別に読んで面白いものではなかった。今回もそういう類の本なら、積極的に読みたいとは思えない。

たいして興味が湧かずに、文机の隅に積んだ書類の上にぽんと放った。

クリスティーネが送ってくる物語のほうがよほど面白い。

――そうだ。前に送ってくれていた物語を読み返そうか。

恋愛物は少々むず痒い気持ちになるので、休憩を挟みながらでないと読めないのだが……クリスティーネの書いたものはすべて読みたいと、そう思っている。

読んだら読んだで面白い。登場人物があまりにじれったいのでやきもきしたりはするのだが、そうして感情移入できるというのも文才のなせる業だろう。

そんなことを考えているうちに、借りた本のことはすっかり、忘れていた。

「あら？」

俺の部屋に来ていたクリスティーネが、何やら声を上げた。

クリスティーネに見せるために騎士団の制服やら装具やらを机の上に広げていたのだが、何か他に気になるものを見つけたようだ。

「これ、何の本ですか？」

「本？　ああ、何だったか……」

「拝見しても？」

「構わない」

式典の時しか着用しない帽子を箱から出しながら、適当に返事をする。

本か。俺の部屋に本など置いてあっただろうか？

「きゃ、」

クリスティーネが小さく声を上げた。

何があったのかと振り向けば、クリスティーネが肩を震わせて、その場で固まっていた。

近寄ると、クリスティーネは小さな本を手に握りしめている。

何の本かと視線を向けた。

そこで思い出す。そうだ。先日同僚から押し付けられた――

一体何故クリスティーネが固まったのかと、開かれた本の中身に目を落とす。

数行読んだところで、クリスティーネの手から本を奪い取った。

そのままページをめくって中身を検《あらた》める。

女を悦ばせる、の意味が俺の想像と全く違っていた。

とんでもない内容だ。それこそ嫁入り前の女の目に触れさせていい内容ではない。

何ということだ。まずい、こんなものを、クリスティーネに……。

パニックになりかけて、はっと気が付いた。

そうだ。物語のことにかけては常人離れした好奇心を見せるクリスティーネのことだ。母親のロマンス小説もこっそり読んでいると言っていたし、このくらいの本は慣れっこなのでは。

そう考えてみると、「参考になりますわ！」とか言って鼻息を荒くしている様子が目に浮かんでくる。

一瞬気が焦ったが、それならばたいした問題はない。

本はもう取り上げたのだし、あとは俺の持ち物ではなく同僚に無理矢理押し付けられたのだということだけきちんと説明できればいい。――だが、どうすれば誤解されないように説明できるだろうか。

「あ、あの」

思考に気を取られていると、クリスティーネの声がした。

視線を、クリスティーネに戻す。

「とっ、殿方は、こういったものを、ご覧になるのですね……」

クリスティーネは頬を真っ赤にして、俯いていた。

長い睫毛《まつげ》を伏せて、大きな瞳が所在なげにおろおろと彷徨《さまよ》っている。

俯いたことで、うなじの肌が見えていた。うなじまで真っ赤になってしまっている。

想像していた反応とのギャップに、脳がついていかない。

「すみません、びっくり、してしまって」

クリスティーネが赤くなった顔を両手で隠した。きゅうと目を閉じて、眉を八の字にしている。


衝撃が走る。

は？

かわいっ。

脳、というより脊髄反射でそう思ってしまった。

そんな自分にまた驚愕《きょうがく》する。

いや、クリスティーネは可愛らしい。それは俺がどうとかではなく、純然たる事実だ。

小柄で華奢で、亜麻色の髪はふわふわしていて長い。瞳も大きいし、肌の色は白い。

それでいて元気に、パワフルに動き回っているところを見ると、何となくうさぎとか、リスとか。そういう小動物がちょこまかと走り回っている様を見ているような気分になって、微笑ましい。

物語のことを楽しそうに話す姿には、不思議と人を惹きつける魅力がある。

だがこの時俺の中に反射的に生まれたそれは――微笑ましいとか、庇護《ひご》したいとか。そういった感情とは、少々趣を別にするものだった。

抱きしめたい、と、そう思ってしまったのだ。

ぶんぶんと頭を振って、雑念を振り払う。

違う、うさぎだって抱きしめたい。これはそういうあれだ。リスは潰しそうだから抱きしめない。

「違う、これは、同僚から押し付けられて、俺も中身をよく知らなかった」

「そ、そうなの、ですね」

「明日突き返しておく！」

そう言いながら、本をジャケットのポケットにねじ込む。

いつも饒舌《じょうぜつ》なクリスティーネが、今日にかぎってもじもじと黙り込んでいる。

何故黙る。

その様を見ていると、俺も何を話したらいいのか分からない。

そういえばここは俺の部屋なんだとか、二人きりなんだとか、そういういらないことばかりが頭に浮かんでは消えていく。

婚約しているのだ。抱きしめたとしても、何もおかしなことはないのではないか。

「そ、そんなことより！　騎士団の紋章が入った剣を見るか！」

「ま、まぁ！　ぜひ見てみたいですわ！」

脳内のうるさい声を無理矢理黙らせて、テーブルに広げた騎士団グッズから剣を手に取った。

返事をしたクリスティーネにも最初はぎこちなさがあったが、馬具の説明をするうちにだんだんと夢中になっていって、やがていつもの調子に戻った。

顔を輝かせて剣を手に取ったり、帽子をかぶってみたり。

そんな彼女を見るうちに、俺もいつも通りに戻った——気が、していた、のだが。

クリスティーネが帰って、片付けをして夕食を取って、風呂にも入った。

そしてベッドに入って眠ろうとした。騎士学校時代から騎士団随一の健康優良児と言われていた俺だ。ベッドに入れば十秒もしないで眠ることが出来る。

そのはずなのだが……頬が熱くなってきて、目を閉じていられない。

目を閉じると、今日のクリスティーネの姿が浮かぶのだ。頬を染め、恥じらう姿が。

かっと目を見開く。

え？

……かわいいな？

俺の、婚約者。

それ以外に説明しようのない感情が、奔流のように身体の中を駆け巡る。

かわいすぎるな？？？

俺の婚約者。

何だ、この感情は。

クリスティーネは素晴らしい才能を持っている。それは理解していた。

物語を生み出してあれだけのものを書き綴ることが出来る。

文字だけで俺を笑わせたり、感動させたりすることが出来る。

クリスティーネの物語をもっと読みたい、叶《かな》うことなら毎日新作が読みたい。出来れば、一番先に。

そう思っていたのは間違いない。

婚約者だ。いつかはいい夫婦になって、家族になって、クリスティーネを見守りたい。そう思っていた。

以前子どもの話になって、どういう意味かと少々戸惑ったりもした。結局あれは勘違いだったが。

頭の中で、先ほどのクリスティーネの表情がぐるぐると回る。

だんだん顔だけではなく頭まで熱くなってきたような気がして、ベッドから起き上がった。

こんな気持ちになったのは初めてだ。どうしていいか分からない。

どうしよう。走ろうか、スクワットでもするか、それとも。

とりあえず寝室から出たところで、文机に置いてあるクリスティーネの手紙が目に入った。

椅子に座って、手紙を手に取る。

そうだ、この前読み返していたところだった。学校を舞台にしたラブロマンスだ。

異国から来た留学生の男子。授業中は寝ていて不真面目だし、他の生徒に対して冷たい態度を取るものだから、真面目で規則に厳しい主人公は最初いい印象を持っていなかった。

「やなやつ！」と思っている場面が何度も出てきた。だがその男子が、実は妹を養うために無理をして働いていたことを知る。

だから授業中も眠かったり、他の人間にやさしくする余裕がなかったのだ。

次第に心惹かれていく主人公。男子もだんだんと主人公に心を開いていく。

だがある日、主人公は女友達から「彼のことが好きだから協力してほしい」と言われてしまう。

真面目な主人公は、友人と彼の恋を応援しようとする。

なのにうまく笑えない。

――『どうしてこんなに、胸が痛いの?』


いや、好きだからだろ。

どうしてそんなことも分からないんだ。

何故友達の恋を応援できないかとか、そんなもの、自分も同じ相手が好きだからに決まっている。

ここまでの道中、その男と一緒にいて幸せを感じている描写もあった。ちょっとしたことで頬を赤らめたり、いつも通りに接することが出来なかったり、――ふいに見せた男子の表情にどきりとして、夜も眠れなくなったり。

それで好きでないというほうがどうかしている。

…………。

…………好きだから、なのか?

朝食のスープを掬《すく》って、一口飲む。

俺がクリスティーネのことを思い出して、眠れなかったり。

手を握られただけで顔が熱くなったり、見つめられて何となく調子が狂ったり、他の男と話していると不安になったり。

話をしていて、楽しいのは。

スープの皿に視線を落とした。

朝食。

そうか。クリスティーネと結婚したら、毎朝こうして朝食の席を共にするのか。

「……レオナルド様。そろそろお出になる時間では」

「はっ⁉」

慌てて時計を確認する。

何ということだ。スープを一口飲んだだけで完全に停止していた。

健康優良児と名高いこの俺が、朝食を食べずに出勤だと⁉

これまで毎日、三百六十五日欠かさずに食べてきたのに⁉

そんなことが許されるのか⁉

だが許されないとしても、時間が足りない。大慌てで支度を済ませて家を飛び出す。

馬を駆って、なんとか時間までに城に辿《たど》り着《つ》いた。幸いなことに遅刻はせずに済んだが、こんなにギリギリになってしまうとは。

手綱を握って一息ついて、ふと思う。

そういえば、クリスティーネの軍記物語はもう出来上がったのだろうか。

「レオナルド。馬、いつまで乗ってんだ？」

「はっ⁉」

同僚に指摘されて気が付いた。

馬を厩舎《きゆうしや》に預けて詰所に集合するはずが、馬に乗ったままでやってきてしまった。

いけない、完全にぼんやりしてしまっている。

せっかくクリスティーネに軍記物語を頼んだというのに、これでは騎士の名が泣く。

「そういやレオナルド、こないだの本……」

話しかけてきた同僚に、無言で胸ポケットにねじ込んでいた本を突き返した。

この本のせいでとんでもない迷惑を被った。

また脳裏にクリスティーネの姿が浮かびそうになって、振り払う。

このままでは馬から落ちて怪我をしかねない。

恋愛事で気もそぞろなどと、騎士らしくない。女々しいにもほどがある。

恋愛事。

これは恋愛事、なのか。

「そういや、今度マリーとデートなんだけど」

「この前喧嘩《けんか》してなかったか？」

「オペラに付き合うってので勘弁してもらった」

普段だったら「仕事に集中しろ」と思うだけなのに、今日はやけに同僚たちの会話が気になる。

オペラ、か。クリスティーネが望むなら付き合ってもいい。

オペラハウスに出入りするとなれば、正装しなくてはならない。

クリスティーネはいつも首元が詰まった服を着ている。夜会やパーティー用のドレスを着ている姿は見たことがない。

きっと、綺麗だろう。

だがドレスでもきっと、クリスティーネはいつも通りに笑うのだ。

オペラに行っても「あれは物語のネタになりそうです！」とか言いそうで——だが俺は、そういうところが。

「おい、何ぼーっとしてんだ」

「はっ!?」

同僚に首根っこを掴まれて気が付くと、巡回ルートと全く違う方向に歩き出そうとしていた。

完全に雑念に行動を阻害されている。

心頭滅却、仕事中だ。もっとしゃんとしなくては。

突如素振りを始めた俺を、同僚がカメムシでも見るような目で見つめていた。

何とか仕事を終えて帰宅しても、ついつい思考がぼんやりしてしまう。その度に素振りをしてやり過ごした。使用人がその度にイグアナでも見るような目で俺を見ていた。

身支度を済ませて、ベッドに入る。

やれやれ、今日は散々だった。だが俺はたいていの悩みは寝たら解決するタイプだ。きっと明日にはいつも通りだろう。

そう思ってベッドに入った。

目を閉じる。いらないことを考えないように、別のことを思い浮かべようとする。

いつもならベッドに入ると、十秒も経たないうちに眠りに落ちる。だが……普段は一体、どうやって寝ていただろう。

特に何かを考えていたことはないように思う。部屋の明かりを消して、周囲が静かであれば、自然と眠っている。

今はこうして一人で眠っているが、……そうか。結婚したら、ベッドは夫婦で共用になるのか。

つまるところ、俺とクリスティーネが、一緒に、ベッドで…………。

ガバッと起き上がった。

頭を抱えて、脳内に溢れる雑念――いや、煩悩を追い出す。

もうどうしていいか分からない。

走ればいいのか?

疲れ果てて眠れるまで、走ればいいのか??

とりあえず家を飛び出して屋敷の周りを十周ほどして戻ってきた。

いい汗はかいた。だがかえって意識がはっきりして、眠れそうにない。

クリスティーネの姿が思い浮かぶ。

文机に置きっぱなしになっていた手紙を手繰り寄せた。

昨日のラブロマンスの続きだ。

主人公と相手はどう見ても思い合っているのに、互いが気持ちを伝えることを躊躇しているせいですれ違っている。

そのくせ「恋人だったらこんな時、行かないでと言えたのかな」とか言っている。

言えよ。今からでも早く言えよ。

好きだと思った瞬間に伝えていればこんな面倒なことにはならない。

そして後悔しないように今すぐ「行かないで」と言うべきだ。

クリスティーネの物語はいつも登場人物に共感するところがあるので感心しているが、今回ばかりは言わせてもらう。

はっきり言えばいいだけなのに、と。

そしてそう思った瞬間に、ブーメランのように自分に返ってきてしまう。

気づいたのならすぐに言えばいい。

好きだと、愛していると。

それだけのことなのだ。

俺とクリスティーネは婚約者だ。だが貴族の結婚は好きだの嫌いだの恋愛だのとは別問題だ。

もとは祖父の代に勝手に決められた結婚である。そこに互いの意思はなかった。

もちろん結婚する以上夫としての務めは果たすつもりだったが……それは恋愛感情とはイコールではない。

互いが互いを尊重して、それぞれの役目を果たす。その中で夫婦としての信頼関係が生まれることもあるだろう。家族として暮らすのだからある程度の思いやりも必要だ。

だが、それ以上でもそれ以下でもない。

相手が誰であっても果たすべきもので、クリスティーネだから特別に、というものではない
——はずだった。

まさかそれが恋愛感情と結びつくことがあるとは、思いもよらなかった。

俺は……クリスティーネでなければ、嫌だ。

その感情の正体がやっと、理解できた。

俺は、クリスティーネが好きなのだ。

彼女を愛している。

最初は彼女が紡ぎ出す物語に夢中になった。彼女からの手紙が楽しみになった。

いや、それは今も変わらないが——クリスティーネが留学先で、他の誰かに恋をしたのではと思って、不安になった。

彼女の物語だけではなく、彼女自身のことも知りたいと思った。

笑顔が見られると、嬉しかった。楽しそうにするクリスティーネを見ていると、俺も楽しい気分になった。

物語について話す彼女を——いつからか、愛《いと》おしく思うようになった。

認めた瞬間、すとんと気が落ち着いた。

そうだ。

俺はクリスティーネが、好きだ。

愛している。

きっかけはつい昨日だが、きっと、ずっと——もっと、前から。

白み始めた空を見る。

すっくと立ち上がった。

クリスティーネの書く物語は、たとえファンタジーであっても、どことなくリアリティがある。それは登場人物の気持ちの動きが、まるで本当に生きている人間のように思えるからだ。

そう考える人間が現実にいそうだと思わせる説得力がある。

だが俺は、物語の登場人物とは違う。

好きだと気づいたのだから、すぐにクリスティーネのところに会いに行って、さっさと伝えてしまえばいいのだ。

お前が好きだと。

お前と結婚できることが嬉しいと。

今後ともぜひよろしくと。

そう言ってしまえばいい。婚約者なのだから、何の問題もない。

クリスティーネも、いつも楽しそうに話してくれる。俺のことを嫌ってはいないはずだ。

きっと、こちらこそよろしくと、微笑んでくれることだろう。


「クリスティーネ、」

レオナルド様がいつものように差し入れをしにきてくださいました。

今日は、私では抱えきれないくらいの大きな花束を持ってきてくれました。

以前私が好きだと言った花がたくさん使われていて、とっても可愛らしい花束です。胸いっぱいに甘くてやさしい香りが広がります。

あとで侍女に頼んで、私のお部屋に飾ってもらいましょう。

ソファに座って忙《せわ》しなく指を組み替えたり、口を開いては閉じてを繰り返していたレオナルド様が、意を決したように口火を切りました。

「ぐ、軍記物語は、進んでいるか」

「はいっ！」

問いかけられて、頷きました。

なるほど、進捗伺いをしたくてもじもじしていらっしゃったのですね。

近頃は出版原稿に配慮をしてくださっていて、お手紙の間が空いても以前のように督促状が届くことはありません。

それでも進捗を聞きたくなるくらいに楽しみにしてくださっているのだと思うと、気合いが入りますね！

私もアイデアが思いついてからは楽しくて、原稿の合間についつい書き進めてしまっていました。もちろん原稿もきちんと進めていますけど——息抜きも必要ですもの。

ぎゅっと拳を握りしめて、意気揚々と答えます。

「もうすぐお送りできそうですよ！」

「そうか」

レオナルド様が頷きました。

彼は視線を伏せて、小さく息をつきました。何か迷っているような素振りのあと、顔を上げて私を見ました。

その瞳は何だか、わくわくしているように見えて――いつも、私の物語を読んで感想を教えてくれる時の彼と同じに見えました。

「今、読んでもいいか」

「え？　ですが、まだ途中までしか……」

「構わない」

レオナルド様に言われて、書きかけの手紙を持ってきました。

これから送る予定なので、近い未来にもう一度読むことになるわけですが……いいのでしょうか。

ですが、私も好きな物語は何度も読んだり、発売されてすぐに手に入れたり、新装版が出るたびに欲しくなったりするものですから。気持ちは分かります。

レオナルド様がゆっくりと、便箋をめくっていきます。

いつも読んでくださっているのは知っていますけれど、目の前で読まれるのは初めてです。

何だかとっても、むずむずしますね。少し照れ臭い気持ちになります。

騎士の家系に生まれた主人公。自分も当然のように騎士になるのだと思って育ちますけれど、彼には剣の才能も、戦術の才能もありませんでした。

それでも騎士団に入って、国境での戦いに出たり、調査のための行軍に随行したり。そういう経験の中で――自分なりの方法で騎士団の仲間たちを支えたいと思うようになります。

それが料理でした。彼は料理番として、疲れた仲間を癒したり、元気にしたり。料理を作ることに自分の生きがいを見出《みいだ》します。

騎士なのに飯炊きなど情けない、と最初は主人公を馬鹿にしていた仲間たちも、彼の料理と真剣な姿勢に触れるたびに、考えを改めていきます。

遠く離れた地域で食べる故郷の味、前向きな気分にさせてくれる、あたたかくおいしい料理。決して強くはないけれど――彼は確かに騎士団の一員として、騎士団の皆の力になっていくのです。

私はとっても面白いと思って、楽しく書きましたけれど。レオナルド様にとっては、どうかしら。

そう思いながら、レオナルド様の様子をちらちらと窺います。

レオナルド様はとても真面目な顔をなさって、手紙を読んでくださっていました。

その表情があまりにも真剣で、ついじっと見つめてしまいます。

私の視線にも気づかないほど集中しているご様子で、時折便箋をめくる以外は、頬杖《ほおづえ》をついた姿勢で身じろぎもしませんでした。

レオナルド様が目を見開きます。

ああ、そこはちょうど、主人公が料理番として生きることを決めたシーンですね。

ぺらり、ぺらり。

今度はレオナルド様が、ごくりと喉を鳴らしました。

そのあたりは、主人公が戦場から帰ってきた仲間のために食事を作るシーンですね。

お腹《なか》が空《す》いている時に物語の食べ物を見ると、どうしてあんなにおいしそうに感じるのでしょう。

ベイクドマカロニに、チーズと玉ねぎのパイ、クランペット、ホットチョコレート……食べたことがあるものでも、そうでなくても。不思議と心が惹きつけられます。

思い出したら私まで、食べたくなってきました。

侍女を呼んで、お菓子を出してもらうことにしました。

立ち上がったついでに、レオナルド様の隣に座り直します。

じっと彼の横顔を眺めます。

レオナルド様の瞳が、どんどんと輝いていくのが分かります。もう私の視線も、声も、気配も。気づいていないようです。

夢中になって楽しんでくれているのが私にも伝わってきて、嬉しくなります。

いつもこんな風に、瞳をキラキラさせて私の物語を読んでくれているのかしら。

そう思うと胸の奥から、あたたかい気持ちがじんわりと染み出してきました。

「……はっ!?」

突如、レオナルド様が手紙から顔を上げました。

その声に、私もはっと我に返ります。

ついついずっと、レオナルド様の横顔を見つめてしまっていました。

「く、クリスティーネ？」

「はい」

「何故、隣に」

「楽しんでくださっているか気になって、つい」

私が笑って誤魔化すと、レオナルド様はぷいと顔を背けてしまいました。

そして丁寧に便箋の順番を確認して、とんとんと端を揃《そろ》えると、つっけんどんな仕草で私に突き返します。便箋を扱う丁寧さと、不器用な態度の落差につい笑ってしまいました。

「面白かった。続きも、楽しみだ」

「はい！」

私がにっこり笑って返事をすると、レオナルド様はこちらを見て、ふっと嬉しそうに口元を緩めました。

クリスティーネに見送られながら、彼女の屋敷を後にした。

馬車に乗り込んだ瞬間に、頭を抱える。

どういうことだ。

騎士団の中でも勇猛果敢……時々無鉄砲……と称《たた》えられる俺が、なぜ彼女を目の前にした途端に何も言えなくなってしまうのか。

あんなに準備していった言葉が一つも言えなかった。ほんの一言、二言なのに、だ。

クリスティーネが可愛らしいのがいけない。

物語の主人公の気持ちが、今なら分かる。

何か行動を起こすことで、言葉にすることで——関係性が変わってしまうのが怖かったのだ。

クリスティーネが物語を手紙で送ってくれて、それに俺が感想を書いて。

時々差し入れをして、その時にも物語の話をしたり、互いの話をしたり。

気持ちを言葉にして伝えることで、そういったかけがえのない日々が失われてしまうのではないか。

そう思うと、言葉が喉につっかえてしまった。

今のままでいいじゃないか、と思う。

クリスティーネと俺は婚約しているわけだ。いずれ結婚することは間違いない。

それなら別に何もしなくても、ずっと一緒だ。

彼女が俺を、愛していなくても。

俺は、クリスティーネのほうが好きだ。

だがクリスティーネのほうがどうかは、分からない。

婚約した当初の俺は相当にひどい婚約者だったが、今は違う——はず。

クリスティーネもファンとして大事にすると言ってくれたし、嫌われているわけではない——と思う。

俺のために軍記物語を書いてくれるくらいだ。

アンナ嬢のリクエストに応えているのは知っていたが……まさか俺のリクエストにも応えてくれる日が来るとは。何度考えても感慨深い。その得難い幸せを嚙み締める。

俺のためにペンを走らせてくれることの、何と幸福なことだろう。まるで夢のようだ。

彼女も俺のことを大切に思ってくれているのは間違いない。

だがそこに、好きだの愛だの、恋愛感情だのが含まれているかというと……。

ふと、気になった。

クリスティーネは、恋をしたことがあるのだろうか。

そういう話はあまり、したことがなかった。エッセイにも書かれていなかったと思う。五歳の誕生日の時にケーキの蠟燭で前髪をちりちりにしたことは書いてあったが。

先日彼女の母親と会った時にその話を聞いて「実在する……」と妙に感動した。

だが、この前のラブロマンス。あれだけ恋について造詣が深いのだから、そりゃあ経験しているのだろう。年頃の女というのはそもそも、惚《ほ》れた腫れた、好きだ嫌いだ、そういう話が好きなものだ。

クリスティーネが恋をした相手が……この世に、存在する。

そう思うと、胸が締め付けられるような心地がした。

俺は彼女の婚約者なのに——何故俺は、そうなれないんだろう。

軍記物語を書き終わって、次にクリスティーネが手を付けたのは、先日のラブロマンスの番外編だった。

主人公視点だった物語の一部を、今度は留学生の男子視点で描く。そういう趣向だった。

もともとの話が面白かったのはもちろんだが、こうして男子側の視点で見ると新たに分かることがある。

何故あんなに紛らわしいことをと思っていたが、こういう事情があったのか。それならやむを得ない、部分もある。が、だがしかし、やはりあの行動は誤解を生む。少なくとも最善手ではなかった。

しかし事情を知ると何とも、憎めない。主人公とのすれ違いで胸を痛める姿にも、応援したいという気持ちが増した。結末をより祝福したい気持ちになる。

よかった、無事に結ばれて。

これからはすれ違わないよう、ちゃんと互いによく話し合うんだぞ。

物語の出来には不満はない。本編をより強化する良い番外編だった。

だが、読了後の余韻に浸り終わった時に、気になることが脳裏に浮かび上がってきた。

軍記物語の礼も兼ねて、クリスティーネのもとを訪ねる。物語に出てきたミートパイを手土産に持ってきたが、茶菓子には向いていなかったな。

クリスティーネに問いかける。

「今回は何故、この題材を」

「アンナさんからのリクエストです！」

クリスティーネがにっこり笑って答えた。

なんだ、アンナ嬢からのリクエストか。

何となくほっとする。

俺がいる時にもよく姿を現していた。売れ線だの何だの、いろいろな題材についてクリスティーネに話している。

その中にクリスティーネの琴線に触れるものがあると、それを取り入れて物語を書くことも多いようだ。

それにしたって、恋愛物が多い気はするが。

「恋愛はやっぱり、不動のテーマですもの」

「お前も、そう思うのか」

「そうですね」

俺の問いかけに、クリスティーネが頷いた。

そうか。そう、思うのか。

「物語に限らず、歌劇でも人気の題材です。人間の三大欲求に訴えかけるものですから、本能のうちに求めるところがあるのかもしれません」

「では、お前もこういう……経験をしたのか」

「経験？」

「胸が痛くなる、とか。そういうやつだ」

クリスティーネはぱちぱちと瞳を瞬いた。

そして何かを考えるように、顎に指をあてて斜め上を見た。

しばらく無言だったが、やがて俺をまっすぐに見て、諭すように言う。

「レオナルド様」

「何だ」

「もしかして、私が経験したことを物語に書いていると思っていたのですか？」

「え？」

言われて、俺も目を見開く。

口も開け放してしまった。

そういえば前にもこんなことがあった。

留学の時も、婚約破棄の時も。

物語を読んで早とちりをして、クリスティーネに窘められた。

その時のクリスティーネも、同じような口調だったのを思い出した。

「私、雪山で殺人事件を解決したことも、妖精と友達になったことも、夫の連れ子を立派に育て上げたことも、騎士団の料理番になったこともありませんわ」

「それは、そうだろうが」

「物語って、そういうものですよ」

「それは、そう、だと思うが」

言われれば本当に「それはそう」としか言えないのだが……頭の中で想像している時には、そんなことにも気づけない。不思議と何か、関連性があるのではないかと思えてしまう。

それは俺が、経験したことのない物事をこんなに鮮明に書くことが出来るなどと想像もつかないからかもしれないし……読んでいると登場人物の気持ちを一緒に体験しているような気持ちになってしまうから、書いている側もそうなのではないかと、無意識のうちに思っているからかもしれない。

「経験していないことにも想像を巡らせて、空想の翼で空を飛ぶことが出来る。それが物語の良いところです。もちろん私自身は、恋愛をしたことはありませんけれど」

「ないのか⁉」

「ないに決まっていますわ」

クリスティーネがきっぱりと言い切った。

そう言い切られると、何故だろう。

ほっとする反面、もの悲しいような気持ちになる。

クリスティーネがはっと、何かに気が付いたように息を呑んだ。

「レオナルド様……もしかして、私と婚約していること、忘れていらっしゃいますか？」

「忘れるわけがないだろう！　俺は、お前を」

「クリスティーネ！」

サロンの入り口から、アンナ嬢が飛び込んできた。

「約束取り付けたよ、あの人と！」

「あ、あの方と⁉」

クリスティーネがばたばたと立ち上がった。

「あの方」？

一体……どこの、誰のことだろうか。

クリスティーネ先生の次回作にご期待ください！

第六章

クリスティーネ先生の憧れ

「お、お会いできるんですか⁉　あの方と⁉」

思わず立ち上がって、ふらふらとアンナさんに歩み寄ります。

レオナルド様はきょとんとした顔で私を見上げて、首を捻っていました。

「あの方？」

「この国で知らないものはないベストセラー作家、シェイクドイル先生です！」

言い切りました。

そう、シェイクドイル先生といえば今をときめく超売れっ子作家。出した本はすぐさま重版、何だったら予約が入りすぎて発売前重版も日常茶飯事。

デビュー作はサスペンス要素が強めのミステリでしたが、その後出した若年層をメインターゲットにした「少女探偵社」シリーズで爆発的な人気となり、そこからは大人向けのサスペンス・ホラーと万人受けするライトなミステリを次々に発表して、どれもとっても面白いのです。

我が家の書庫には全集が揃っていますし、先月発売された新作は私のお部屋にも置いています。

新作発売に合わせてシリーズの新装版を出すの、本当に商売上手だと思います。ついつい買ってしまいますもの。

ふふんと胸を張って宣言した私に、レオナルド様が「はてな？」という顔で首を傾げます。

「誰だ、それは」

「っ⁉」

思わず身体をのけぞらせました。

目を見開いて、レオナルド様を凝視します。

前にアンナさんがシェイクドイル先生の話をしていた時、レオナルド様も聞いていたはず……と、思います。いえ、寝ていらっしゃったかもしれません。

レオナルド様には、ふざけている様子はありませんでした。わなわなと震える唇から、言葉を絞り出します。

「ご、ご存知《ぞんじ》ないのですか⁉　あの、シェイクドイル先生を⁉」

「知らん」

「かの有名な、『少女探偵社』シリーズのシェイクドイル先生ですよ⁉」

「だから知らん」

「な、なんてことでしょう……‼」

ぴしゃりと言い捨てられて、私は思わずその場に膝をつきました。

そして服の上から心臓を摑むように、胸を押さえます。

まだ、シェイクドイル先生の作品を、読んだことがない……⁉

大人になるまで、一切触れずに大きくなった……⁉

つまり、これから初めてシェイクドイル先生の作品を楽しめるのですか……⁉

ネタバレも前情報も無しで……記憶のない状態で、ゼロから……⁉

「う、羨ましすぎます！　出来ることなら私も一度記憶をなくしてゼロから楽しみたいですわ!!」

思わず大きな声を上げてしまいました。

素晴らしい本に出会った時、きっと誰でもこう思うはずです。

もちろん何度も読み返しますし、それでも十分、いえ十二分に楽しめます。それが本のいいところです。

ですが、最初の一回。何も知らずに、どきどきに胸を躍らせながらページを繰るあの感覚。

あれだけは、一度きりしか味わうことが出来ません。

そのわくわくと、感動を――もう一度味わえるならどんなにいいかと、素晴らしい本であればあるほど、思わずにはいられないのです。

「そ、そんなにか」

「それはもう！」

レオナルド様が若干戸惑ったような声を出していらっしゃいました。

レオナルド様は読書をされるようになってまだ日が浅いそうですから、その段階には至っていらっしゃらないのでしょう。

でもきっと、すぐに分かるようになりますわ。

目を閉じると思い浮かべられる、私の部屋の本棚。

その中の、一等いい場所に収めてあるのが、シェイクドイル先生の「少女探偵社」シリーズです。

「私が初めて好きになった本ですもの」

「初めて、好きに」

「私が物語を好きになるきっかけをくれた本です」

その大切な作品を書かれた先生に、憧れの方に、お会いすることが出来るなんて。

嬉しくて嬉しくて、舞い上がってしまいそうです。

『少女探偵社　結成の巻』の初版本……絶対にあれを持って行って、サインをお願いしなくては。

「ありがとうございます！　アンナさん!!」

「いやぁ、ずっとうちから新作出してくれないかって口説いてたんだけどね、」

「口説、」

アンナさんの言葉に、レオナルド様が眉間に皺を寄せました。

アンナさんは時々、あまり淑女らしくない言葉を使われます。私は見ていて気風が良いなと感じるのですが、レオナルド様にはあまり好評ではありませんでした。

「アンナ嬢、嫁入り前の娘がはしたないぞ」

「うん、比喩表現でーす」

レオナルド様の言葉をアンナさんがさらりと流します。

このやり取りはいつものことで、私は毎回笑ってしまいます。

レオナルド様には少し申し訳ないですが。

「そっちはまだ保留なんだけど、『すっごいファンの子がいて、その子も本を出す予定なんですよー』って言ったら、『ぜひ会いたい』って」

「まぁ、まぁまぁ！」

その場でぴょんぴょんと飛び跳ねながら、一回転しました。

一回転では気持ちが落ち着かなくて、向きを変えてもう一回転。

熱暴走しそうな頬を押さえて、必死で思考を回します。

「ど、どうしましょう！　まず、ええと、手土産、あと新しいお洋服に、ああ、サインをお願いしてもいいのでしょうか⁉　失礼ではありませんか⁉」

「クリスティーネの分だけなら別に、構わないんじゃない？」

やった、とまたその場で飛び上がりました。

サインをいただくの、夢だったのです。こんなチャンスをいただけて、アンナさんには本当に感謝、感謝、大感謝です。

舞い上がった後で、はっと背後のレオナルド様を振り向きました。

そうでした、いけません。ついレオナルド様を置いてけぼりにしてしまいました。

「れ、レオナルド様は、サイン」

「いらん」

またすげなく切り捨てられました。

つんとそっぽを向いて、何だかご機嫌斜めに見えます。

こちらを向かないままで、レオナルド様がぼそりと言いました。

「俺が好きなのは……お前の物語だけだ」

「まぁ！」

レオナルド様がそう言ってくださるのは、とっても嬉しいです。

嬉しい、のですが。

「それはもったいないです！」

「え」

私は、シェイクドイル先生の作品を読んだレオナルド様の反応が、是非とも見たかったのです。

どうしても、初めて読んだ方の感想からしか得られないものというのがあるのです。

ましてやシェイクドイル先生の作品をこれから初めて読む人なんて、滅多にお目にかかれません。

ここは何を最初の一冊に選ぶか、というところからご一緒したい。そして見守りたい。感想が聞きたい。

　素敵な物語との出会いは人生を豊かにしますもの。きっと損はさせません。

　この機会を逃すまいと、にっこり笑ってレオナルド様の手を握りました。

「レオナルド様もきっと気に入るお話があるはずです！　書庫に全集がありますから、あとで一緒に見に行きましょうね！」

「あ、ああ」

　レオナルド様は相変わらずそっぽを向きながらですが、頷いてくれました。


「レオナルド様！　全集はこちらですわ！」

「お、おい、クリスティーネ!?」

　お仕事の用事で早々に立ち去るアンナさんを見送った後で、レオナルド様と一緒に我が家の書庫にやってきました。

　シェイクドイル全集は上の棚にしまってあります。勝手知ったる我が家ですから、上段の本を取るための脚立を引っ張り出して、とんとんと一番上まで登りました。

「危ないぞ！」

「大丈夫です、慣れてますから！」

意気揚々と本を手に取った、のですが。思ったよりも重たくて、身体が後ろにのけぞってしまいます。

ぐらり、と世界が揺れました。

「クリスティーネ！」

脚立から落ちた私は、咄嗟に目をぎゅっとつぶります。そのまま床に背中をしたたかに打ちつけ……ませんでした。

あら？

どうしてでしょう。確かに私、落ちたのですが。

ぱちぱち瞬《まばた》きをします。視界には、慌てたような、焦ったような表情で私の顔を見つめるレオナルド様のお顔。

彼が私の身体を抱き留めてくださったのだと、やっと脳が理解しました。

ほっと安心するのと同時に、——その、とても、距離が近くて。思わずどぎまぎしてしまいました。

一度安心すると、私を包み込むように抱きしめたレオナルド様の身体が、とても大きいのだというのがじわじわと思考に滲んできて、ええと。ますます頬が熱くなってきてしまいます。

もともと私よりもずっと背が高くて、騎士らしい、男らしい身体つきだなとは思っていましたけれど。

改めて、気づかされました。

レオナルド様は……男の人、なんですよね。

はっと我に返ります。

今書いている物語で、ヒーローが階段で転びそうになったヒロインを支えてあげるという展開を考えていました。それを機に、ヒーローとヒロインが互いを意識し合うようになる、というつもりでした。

ですが、この出来事があったあとで、そのお話を見せたら……何だか、私がそれをきっかけにレオナルド様を意識した、とか。

逆に、レオナルド様に意識してほしいと思っている、とか。

そんな伝わり方をしてしまわないかしら。

いえ、もちろんお話と現実は別です。違うものです。

そんなことレオナルド様も分かっていると思うのですが……それでも。

レオナルド様、前にその勘違いで留学先にまで来てしまいましたよね。

この前は婚約破棄の件で慌てて飛び込んでいらっしゃいましたよね。

となると、「今回は大丈夫」とはとても言い切れません。

そうです、ヒロインとヒーローの心の距離が近づくようなアクシデント、きっと他にもありますもの。身体的接触というのは分かりやすいインパクトがあっていいですけれど、少しありきたりというか、……この二人だからこそ、という要素がほしいですね。

魔法がある世界ですから、魔法を使うのはどうかしら。

たとえば、手を繋いだまま離れない魔法をかけられてしまう……いえ、触れた相手の心の声が聞こえる魔法をかけられてしまう、とか？

そうです。いっそお互いの心と身体が入れ替わってしまう、というのはどうかしら？

それでお互いの生活を知って、印象が変わっていって……そして二人は、お互いのことを意識し始める。

ああ、こっちのほうがいいですね、それなら二人のキャラクターは……。

「……はっ⁉」

気づくと、書庫の椅子に座って机にかじりついていました。

そして手にはペンを握っています。私ったらいつの間に。

慌てて時計を確認します。ええと、レオナルド様とお約束していたのが昼の三時で、今は夜の七時、ということは……四時間近く考え込んでいた、のでしょうか？

周囲を確認しますが、レオナルド様の姿はありません。

ああ、何ということでしょう。お招きしておきながら、そして助けていただいたのにお礼も言わずに、一人で夢中になってしまって……。

レオナルド様はお忙しい方ですもの、当然です。きっと呆れてしまいましたね。がっくりと肩を落とします。

次にお会いした時に、きちんと謝らないと。

いえ、まずはお手紙で謝るべきでしょうか？

でも、送られてきた手紙が物語ではなかったらがっかりさせてしまうかしら。

そもそも謝りに行くべきでしょうか？　けれど、きっと呆れてしまっていますもの。お忙しい中で、会ってくださるでしょうか。

書庫のなかでうろうろおろおろしながら考え事をしていると、ふと視界の端に何か、金色の物が見えた気がしました。

書庫の入り口のほうを覗きます。

入り口から入ってすぐのところに据え付けられた椅子に、レオナルド様が座っていました。

あ、あら？？

どうして、レオナルド様が？？

そろりそろりと近寄ってみると、レオナルド様は腕を組んで軽く俯いて――寝息を立てていらっしゃいました。

ね、寝て、いらっしゃる？？

すぐ隣には、シェイクドイル全集が置いてあります。

ですが、本を開いた様子はありません。

もしかして――待ってくださっていたのかしら。

私が一緒に、選びたいと言ったから？

レオナルド様のお顔を覗き込みます。

いつもはきりりと上がっている眉が穏やかに弧を描いているのは、何だか新鮮でした。

せっかく心地よさそうに眠っているのに、起こしてしまうのは何だか悪い気がします。

ですが、次のご予定があるかもしれませんし――滅多にない機会ですから、レオナルド様の気に入りそうなお話を一緒に選びたい気持ちがありました。

私としては一等お気に入りの「少女探偵社」シリーズをお薦めしたいですが、レオナルド様にはもう少し大人向けのほうがよいかしら。

でも、何となく……私のお気に入りを、レオナルド様にも読んでほしい。そして一緒に、感想をお話ししてみたい。そう思ってしまいます。

申し訳なさがありつつも、そっとレオナルド様の肩に触れました。

「レオナルド様、レオナルド様」

「……はっ!?」

レオナルド様の瞼《まぶた》が「カッ」と開きました。

がたがたと音を立てて、素早く立ち上がります。その勢いに驚いて、私はその場にぺたんと尻餅をついてしまいました。

「す、すまん、寝ていた、か」

レオナルド様が慌てて袖口で口元を拭います。そんなことをされなくても、涎《よだれ》なんて垂れていませんでしたよ。

こちらに向き直ると、尻餅をついている私に手を貸してくださいました。

立ち上がって、レオナルド様を見上げます。

「お待たせしてしまってすみません。お時間、大丈夫でしたか？」

「ああ、今日は他に予定はない」

「よかった……」

ほっと息をつきます。

そしてシェイクドイル全集をよっこらしょっと持ち上げました。

「先ほどは助けていただいたのに、お礼も言わずに……申し訳ございません」

「いや。きっと物語のことを考えているのだろうと思っていた」

レオナルド様がふっとやわらかく微笑んでくださって、またほっと胸を撫でおろします。

おっしゃる通り、物語のことで頭がいっぱいになっておりました。

理解していただいているとはいえ、こんなことではいけませんね。せっかくお時間を割いてくださっているのですもの。

「おかげさまで、全集も無事でした！」

「お前に怪我がなくてよかった」

「はいっ！　これで一緒に選べますね！」

元気に返事をしながら、抱えた全集の背表紙をレオナルド様に見せました。

時間に余裕があると分かったので、シェイクドイル先生の作品について一つ一つ、じっくり説明をすることが出来ました。

ついつい熱が入って話しすぎてしまったのですが……レオナルド様は、嫌な顔もせず聞いてくださいました。

そのうちに気を揉《も》んだ侍女が、レオナルド様も夕食を食べていかれるか聞きに来て——私の両親とレオナルド様で、一緒に夕食を食べることになったのでした。

前回みたいに打ち合わせが出来なかったので不安でしたが、レオナルド様が「本を選んでもらった」という話をしてくださって、両親は「仲が良いのね」と大喜びでした。

言葉にされると何だか少し恥ずかしいですけれど……そうですね。

きっと私とレオナルド様は、最初の頃よりもずっと、仲良くなったと思います。

途中から両親は、それぞれのおすすめの本の話で私たちをそっちのけで盛り上がっていました。

夢中になると周囲が目に入らなくなる私の性格は、親譲りのようです。

ついに、この日がやってきました。

シェイクドイル先生とお会いする日。

手鏡で前髪を確認します。

おかしくないでしょうか。大丈夫でしょうか。

新品のお洋服に、美容師にカットしてもらったばかりの髪。胸には『少女探偵社』と、夜なべして認めたファンレターを大事に抱えて、アンナさんがこの国での拠点として借り受けているお屋敷にやってきました。

浮足立った様子の私を、レオナルド様がエスコートして馬車から降ろしてくださいます。

何だかレオナルド様はご機嫌が悪そうに見えますけれど……レオナルド様も、緊張していらっしゃるのでしょうか。

二人で一緒にお屋敷の門まで行って、呼び鈴を鳴らします。

出迎えてくれた執事に連れられて、応接室の前までやってきました。

ああ、ついに、来てしまいました。

どうしましょう、どうしましょう、心臓が口から飛び出してしまいそうです。

本と一緒に抱きしめていたカンペを確認します。

まずはご挨拶です。お辞儀をして、名前を名乗って、お目にかかれて光栄です、と。きちんとお伝えして、大ファンです、と言った後、出来れば新作の感想も直接お話ししたいです。

すぅはぁ、すぅはぁ、と何度も深呼吸しました。

大丈夫です。練習にはレオナルド様が何度も付き合ってくださいましたもの。ご迷惑にならない時間でおさめる練習もばっちりです。きっと上手に出来るはず。

ガチャリ、とドアが開きました。

「クリスティーネ！」

アンナさんの声が聞こえます。

ドアの中には、もちろん、アンナさん。

そして――シェイクドイル先生が、立っていました。

シェイクドイル先生が、こちらに視線を向けます。

視線を、こちらに。

う、動いています。

著者近影の絵姿のままの、シェイクドイル先生が。

動いて、生きて、私の目の前に、実在していました。

それが分かった瞬間に、考えてきた台詞がすべて、頭の中から吹き飛んでいきました。

「シェイクドイル先生。こちらがお話ししていたクリスティーネです。クリスティーネ、こちら、シェイクドイル先生」

「は、はひっ」

気の抜けた返事をしてしまった私の背を、レオナルド様がそっと叩いてくださいました。

それではっと、我に返ります。

そうです、あの、ええと、ちゃんと、ご挨拶だけは、失礼のないように！

「く、クリスティーネ・ゴードンと、申しますっ！　お会いできて、光栄で、本当に、あの……」

がばっと勢いよく頭を下げました。

咄嗟のことであまりに激しく動いたものですから、頭がぐらぐらしました。

もう本当に、お会いできて光栄でした。これまで生きてきてよかったと、心から思います。

思いの丈が、口からぽろりと零《こぼ》れ落《お》ちました。

「夢みたい、です……!!」

「ありがとう」

私の言葉を掬い上げて、シェイクドイル先生が言いました。

ミステリアスな外見に似合った、低くて、落ち着いた声です。

顔を上げると、シェイクドイル先生がこちらに手を差し出して、微笑んでいました。

「モーリス・シェイクドイルだ。よろしく」

「あ、あわわわわわ」

シェイクドイル先生が、私を見て、私に手を差し出している。

その状況があまりに現実離れしていて、本当に夢を見ているのかしらと思ってしまいます。

震える手で、シェイクドイル先生の手を握りました。

少しひやりとして、骨ばったシェイクドイル先生の手が、私の手を握り返してくださいます。

こ、この手から、あの数多《あまた》の物語が、生み出されているのですね。

それを思うと、天にも昇るような気持ちになりました。

ああ、どうしましょう、私の手、すごく熱いかも。それに、手に汗をかいてしまっているかも。ですがこんな機会、もう二度とないのでは。

かちこちに固まっている私を見て、シェイクドイル先生がふっと笑みをこぼしました。

「緊張してる？」

「ふ、ふみ、す、みません」

「はは。本当にファンでいてくれてるんだ。嬉しいな」

「ふ、ファンです！　大ファンです！　特に、『少女探偵社』シリーズがとっても好きで、この前の最新刊も、すごく、すごく素敵でした！　まず開いて一ページ目から引き込まれてしまって」

「本当？　書いた甲斐《かい》があったよ」

ついぺらぺらとしゃべり始めてしまった私にも、シェイクドイル先生は穏やかに笑いかけてくださいます。

シリアスな作品も数多く書かれているシェイクドイル先生ですが、あとがきでは季節のお話や、自然のお話が多い方です。何となく、ほんわかしたお人柄なのかと思っていました。

それが伝わってくるような表情に、また胸がいっぱいになりました。

口を開くと感想やら何やらがとめどなく溢れてしまいそうなので、意を決して、握っていたものをシェイクドイル先生に差し出します。

「あの、これ……！」

「これって……ええと、手紙？」

シェイクドイル先生が目を丸くされています。

いえ、それも宜《むべ》なるかな、と言いますか。

長々お話ししてしまわないようにと、お手紙に気持ちを綴り始めたら止まらなくなってしまいまして、その――いつも物語を送る時以上に、封筒がみちみちのぱつんぱつんになってしまっておりました。

ここまでに培ってきた技術の粋を尽くして、何とか封蠟は留めました。おそらくあの大きさの封筒に詰め込んだ便箋の厚みでは世界記録でしょう。

何度も推敲《すいこう》したのですけれども、これ以上はどうしても、削れなかったのです。

「ふっ……ふふ、ははっ！」

シェイクドイル先生はファンレターを受け取って、重みに手首を持っていかれそうになったあと、おかしそうに笑い出しました。

ミステリアスな雰囲気のシェイクドイル先生に似合わない仕草です。

いえ、似合わない、と言いますか。ギャップがあって、こんな顔もなさる方なのね、と感動すると言いますか……。

不思議な魅力のある方だな、と思っていた印象が、強化された気がしました。

「ごめん。こんなに熱烈なファンレター、初めてだったから」

「す、すみません、お伝えしたいことを全部、書きたくて……」

「クリスティーネは夢中になるといつもこうなんです。この調子で物語もどんどん書いてるんですよ」

「へぇ、いつか読んでみたいな」

「いっ、いえ、私なんて」

大慌てで手を振りますが、シェイクドイル先生とアンナさんは私をよそに、出版はいつ頃か、とか、判型は、とか、そういう話を勝手に進めてしまっていました。

憧れのシェイクドイル先生に読んでいただくなんて、そんな、全然そんなことは考えずに書いてしまっていて、あの。

おろおろしている私に、シェイクドイル先生がふと、目を留めました。

「それ、『少女探偵社』？」

「は、はいっ！」

「見てもいい？」

こくこくと頷いて、抱きしめていた本をシェイクドイル先生に手渡します。

シェイクドイル先生はぱらりと本をめくって、奥付を確認しました。

「初版本だ」

「はい、私の、宝物で」

シェイクドイル先生が、何か考えるように顎に指を当てました。

著者近影で描かれているのと同じポーズです。まさか実物を拝見できるなんて……感無量ですわ……！

シェイクドイル先生が私に目を向けて、にこりと微笑みます。

「よければ、サインしようか？」

「えっ⁉」

大きな声を出してしまって、慌てて口を両手で覆います。

咄嗟にアンナさんの方を振り向きます。アンナさんが両手で「どうぞどうぞ」と示していました。

次にレオナルド様のほうを振り向きます。目を伏せて「早く済ませろ」と言いたげなお顔をなさっています。

舞い上がる心を何とか身体につなぎとめて、シェイクドイル先生に向き直りました。

「よ、よろしいんですか⁉」

「もちろん」

シェイクドイル先生はアンナさんからペンを借りると、表紙を開いた総扉に、さらさらとサインを書いてくださいました。

本を受け取って、まじまじと矯《た》めつ眇《すが》めつします。

まぁ、まぁまぁ……！

本当の本当に、シェイクドイル先生のサインです。

嘘みたいです、まさか、こんな日が来るなんて。

「ありがとうございますっ‼」

また勢いよく頭を下げた私に、シェイクドイル先生はやわらかく微笑んでくださいました。

こんなに大好きな本の、作者の方に会えて、直接ご挨拶できて、サインまで。

夢が叶って、何だか、恵まれすぎています。

潤んできた視界を隠すように、私はもう一度、深々と頭を下げました。

夢のような日から、一週間。

今でもまだ時々、夢だったんじゃないかしらと思っては、サインをいただいた本を開いて、夢じゃなかったんだと感動する。

そんな日々を送っていたところ、出版原稿の試し刷りを持ってきてくださったアンナさんから、こう切り出されました。

「あのね、実はシェイクドイル先生から……クリスティーネに助手を頼めないかって」

「え？」

唐突な提案に、目を見開きます。

助手？

私が、シェイクドイル先生の？

探偵の助手、というとミステリではよくある役どころですが、作家の助手、というのは何をするのでしょう。

画家や料理人には弟子がいたりしますけれど……そういう感じ、でしょうか。

それにしても、どうして私に？

先日お会いしただけで……失礼がなかったかしらとあの後少し落ち込んだくらいでしたのに。

……はっ!?

もしかして、夢でしょうか？

だって私にとってあまりにも、都合がよすぎますもの。

いくらシェイクドイル先生がミステリを書かれているからって、助手だなんてそんな。

「今、新作のために取材してるらしいんだけど。資料の整理とかで人手が必要なんだって」

「や、やります!!」

うにうにと自分の頬をつねっていたのですが、ほとんど条件反射で勢いよく右手を挙げていました。

もう夢でも何でも構いません。

だって助手ということは……憧れのシェイクドイル先生の仕事場にお邪魔できるということではありませんか。

夢でもご都合主義でも、このチャンスは逃せませんでした。

「やらせてください！」

「じゃあ紹介しておくね」

勢い込んだ私に、アンナさんがにっこり笑って頷きました。

そしてふと、真剣な顔になって言います。

「クリスティーネ、ちゃんとレオナルド様に言うんだよ」

「？　はい」

アンナさんの言葉に、頷きました。

もちろん、きちんとレオナルド様にも報告いたします。

先日お貸しした『少女探偵社』を読まれたら、レオナルド様もシェイクドイル先生のサインが欲しくなるかもしれませんもの。


「よく来てくれたね」

「よ、よろしく、お願いしますっ！」

シェイクドイル先生の仕事場に伺って、私は頭を下げました。

思ったよりもコンパクトなお屋敷だと思ったら、こちらは執筆のためだけに借りている別宅だそうです。通いで来ている侍女と、隣に住んでいる大家さん。それ以外は滅多に人を入れないのだとか。

そんなところに足を踏み入れることが出来るなんて……貴重な体験です。僭越《せんえつ》ながらシェイクドイラー代表として、しっかり目に焼き付けて帰らなくては。

仕事場に足を踏み入れました。

アンティーク調の調度品に、壁いっぱいの本棚。そこにぎっしりと収納された本や資料。執筆用の机の周りにうずたかく積まれた書類に、締め切られたカーテン。

紙と、インクと、少しの埃の香り。

想像していた通りで……小説家の部屋そのもの、という感じで。

それでいて、私が『少女探偵社』を読んだ時に想像していた、少女探偵社の事務所のようで。

何だかとても、じーんと来ました。

シェイクドイル先生に案内されて、椅子に腰を下ろします。

居ても立ってもいられなくなって、侍女が淹《い》れてくれたお茶に手を付ける前に、シェイクドイル先生に話しかけます。

「シェイクドイル先生の作品作りのお手伝いが出来るなんて、感激です！　私、誠心誠意頑張ります！」

「ありがとう」

シェイクドイル先生がにこりと微笑みました。

そしてテーブルの上――の、書類を脇によけて作ったスペースにソーサーを置いて、シェイクドイル先生がお茶を一口、飲まれました。

その所作から何から、本棚の背景とぴったりマッチしていて、動く著者近影を見ている気分になります。

中性的なお顔立ちに、年齢不詳な立ち居振る舞い。私が小さい頃にはもう本を出されていたはずですから、もう三十歳は超えていらっしゃると思うのですが……二十代にも、三十代にも見えるような、下手をしたら十代にも見えてしまうような。

やっぱり何度見ても、不思議な雰囲気の方です。

私も真似《まね》してお茶に口をつけましたが、緊張で味がしません。

というか助手なのに、呑気《のんき》にお茶などいただいていてよいのでしょうか。むしろ私が淹れるべきなのでは。

そわそわしながら、シェイクドイル先生に伺います。

「あの、それで……何からお手伝いすればよろしいでしょうか？」

あまり力仕事は得意ではありませんが、たとえば資料を年代順に並べるとか、指示された資料を探して持ってくるとか。そういうことならきっとお役に立てると思います。

何よりシェイクドイル先生の執筆を間近で見られるのですもの。どんなことだってお手伝いする気で満々でした。

意気込んで尋ねる私の言葉に、シェイクドイル先生は曖昧に微笑みました。

「まずは、クリスティーネさんの話を聞かせてほしいな」

「私の話、ですか？」

はて、と首を捻ります。

ですがすぐに合点がいきました。

なるほど、面接試験ですね！

あのシェイクドイル先生の助手ですもの、試験があって当然です。たとえば新作の情報を部外者に漏らさないか、とか、助手に必要な能力を備えているか、とか。そのあたりのことがきっと重要なはずです。

居住まいを正して、背筋を伸ばして座り直しました。

シェイクドイル先生が、穏やかな調子で問いかけました。

「クリスティーネさんは、どんな物語を書くの？」

「ええと、そうですね」

どんな、と聞かれると、一言では言い表しにくいかもしれません。

シェイクドイル先生の作品数には遠く及ばないですが、これまでにいろいろなお話を書きました。

おとぎ話、サスペンス、ミステリ、ラブコメディ、軍記物語に、ラブロマンス。

どれも同じくらい大切で、同じくらい楽しく書きました。

今までのことを思い出しながら、ゆっくりとお話しします。

「あまりこだわりがなくて……これだ！　というジャンルがあるわけではないんですけれど」

「うん」

「最初は、おとぎ話みたいなものから始めたんです」

妖精の女の子と、人間の男の子。

レオナルド様に一番最初に送った物語です。

確か、もし妖精さんがいたら、手紙のお相手の興味がある話題が分かるかしら、なんて。

そう思ったのがきっかけでした。

「それから、女の子同士の友情と、サスペンスを題材にしたお話を書いて」

事件に巻き込まれて、罪を犯してしまう二人。

それは二人だけの秘密だったはずなのに、秘密を知る何者かから届いた手紙をきっかけに、
二人の友情は変化していく。

サスペンスでしたけど、ちょっとミステリの要素もあったかもしれません。

「そうしたらそのうちに、探偵が出てくるお話を書いてみたくなって」

それで書いたのが、今出版に向けて動いている「探偵王子マックイーン」シリーズでした。

試し刷りも誤字脱字修正も終わって、あとは本になるのを待つばかり、というところまできました。

最初にあのお話を書いた時には、こんなことになるなんて思いもしませんでした。

それを言ったら、この「探偵王子マックイーン」をきっかけに、レオナルド様がお返事をくださるようになるなんて。

それだって、私にとっては十分、思いもよらない出来事だったのですけれど。

そういう意味でも、思い出深い物語です。

ですが、少女の友情に、探偵。それを並べてお話ししてみると何となく――『少女探偵社』の輪郭が見えてきたような気がして、照れくさくなりました。

「こうして考えてみると……私、シェイクドイル先生のお話に、とっても影響されてるんですね」

「はは、確かに」

シェイクドイル先生はそう笑った後で、ふっと視線を伏せました。

俯いた頬に、さらりと銀糸の髪が流れる姿はまるで、物語のワンシーンのようでした。

シェイクドイル先生が瞳を伏せたままで、呟くように言いました。

「物語を書くのは、楽しい？」

「はいっ！　とっても楽しいです！」

大きく、頷きました。

物語を書くことは、私にとって――「楽しい」以外の、何物でもなかったからです。

「物語を読むのも大好きでしたけれど、書き始めてみたら、それもとっても面白くて」

物語を生み出そうと、机に向かう時のことを思い浮かべます。

真っ白な便箋。

ここには何を書いてもいい。

どんな主人公だって、どんな世界だって、どんな物語だっていい。

そう思うと無性にどきどきして、書きたいものがどんどん溢れて、止まらないのです。

「毎日、次はどんなお話を書こうかしら、今書いているお話でこんな展開を入れるのはどうかしら、って、それぱっかり考えてしまって。もう寝るのも惜しいくらいで、もちろん今までどおり物語も読みたいですし、せっかく書くならいろいろ調べたり取材もしたいですし、本当に毎日、時間が足りなくて」

物語を書き始めてからというもの、それまでの自分が一体どうやって暮らしていたのか思い出せないくらい、物語が私の日々の中心に座っていました。

毎日が楽しくて、新しいことやわくわくすること、どきどきすることばかりで。

もちろん行き詰まることも、悩むことも、うまく出来ないこともありますけれど——それも含めて、私にはとても、楽しいことでした。

物語のおかげで、レオナルド様から手紙のお返事をいただけるようになりました。お話しできるようになりました。

アンナさんと仲良くなることが出来ました。出版までしていただけることになりました。

こうしてシェイクドイル先生とお会いして——そのお手伝いが出来ることになりました。

全部、全部。

物語が私にくれたことです。

私を見つめて、シェイクドイル先生が呟きました。

「羨ましいよ、クリスティーネさん」

その表情がどこか、寂しそうで。

私は不思議に思って、シェイクドイル先生の横顔を見つめました。

「僕もかつては、そうだった。書きたいものがどんどん湯水のように湧いて来て、時間と手が足りなくて、それが悔しくてね」

「同じです！」

頷いた私に、シェイクドイル先生が力なく笑いました。

先生はすっと視線を上げて、遠い日々を思い出すように、静かに語り始めました。

「だけど、いつからかな。次に書きたいものが浮かばなくなった」

「……え？」

「実は、スランプなんだ」

スランプ？

そんなこと、とても信じられませんでした。

だって、シェイクドイル先生の新作は、先月発売されたばかりです。

驚きが顔に出ていたのでしょう。シェイクドイル先生は、自嘲気味に笑います。

「これでもプロだから。ここ一年くらいは、書きたい気持ちもアイデアもないけれど——何とかピースを繋ぎ合わせて、世間の求めているものをリサーチして、血反吐《ちへど》を吐くような思いをして書いてきた」

血反吐を、吐くような。

それは私にはとても想像のつかない世界で——。

思わず、言葉を失います。

「でも、それももう限界。僕にはもう、何も残っていない。からっぽなんだ。新しい物語を紡ぐ力がない。はは、年かなぁ。本当……嫌になるよ」

ゆるゆると首を振るシェイクドイル先生。

そうです。

見た目では分からないけれど……シェイクドイル先生は、もう十五年以上、第一線で活躍されている作家です。

十五年。

それだけの長い年月、物語を生み出し続けるということが、どれほどのことか。

物語を書き始めてまだ一年も経っていない私には、とても分かりません。

シェイクドイル先生が、くしゃりと前髪を掻き上げました。

「売れっ子作家、シェイクドイル。皆が僕の新作を求めてくれている。それはとても嬉しいことだし、感謝している。でも、世の中には作家なんてたくさんいる。新作が書けなくなったら、皆僕のことなんてすぐに忘れてしまう。求められている時に書けなければ——作家は終わりなんだ」

「そんなこと、」

そんなこと、ありません。

そう叫び出したかったです。

だって、私はきっと、シェイクドイル先生のことを忘れない。シェイクドイル先生の紡いだ物語は、ずっと私の中で、一等大切であり続ける。

ですが——シェイクドイル先生の悲しい視線に射抜かれて、何も——何も、言えなくなってしまいました。

私はきっと、忘れません。忘れない人は、きっと他にもいるでしょう。

それは確かなことですが——シェイクドイル先生が、「売れっ子作家」であり続けられるか。

それは私には、保証できないことでした。

シェイクドイル先生が、私を見つめて、口を開きました。

「だから、君を呼んだんだ」

「私、ですか？」

再び居住まいを正します。

シェイクドイル先生は、私にスランプだと打ち明けてくださった。きっとアンナさんにもまだ話されていないと思います。

それはつまり――私に何か、手伝えることが、あるということなのでしょう。

スランプを脱却するお手伝いが、私に。

何が出来るかは分かりませんけれど――何でもしたい。

そう思って私は、ここに来たのです。

「クリスティーネさん。僕が君の手になろう」

シェイクドイル先生が、静かに――覚悟を滲ませる声で、言いました。

「君の考えた物語を、僕が書くよ」

「え、」

「湯水のように湧いてくる、ほんの一つでいいんだ。僕に分けてくれないか」

シェイクドイル先生が僅かに首を傾げて、私の瞳を覗き込みます。

言葉の意味が理解できずに、私はただ固まってしまいます。

どうしてでしょう。シェイクドイル先生の紡ぐ言葉は、いつもこんなにも……明快なのに。

身を乗り出したシェイクドイル先生が、膝の上に置いてある私の手に、ご自分の手を重ねました。

その手は、とても。

とても、冷たい手でした。

「君だって、時間が無限にあるわけじゃない。時間が足りなくて書けないままになるよりいいだろう？」

「あの、」

震える唇を、開きます。

やっと先生の言葉が、脳に届いたのです。

小さく息を吸って、そして。

「……それは、困ります」

言いました。

相手はシェイクドイル先生です。憧れの小説家で、お手伝いが出来るなんて夢みたいで。

先生の作品のお手伝いなら、何でもしたいと思ってここに来ました。

ですが、いいえ、だからこそ。

私は、言わなくてはいけなかったのです。

シェイクドイル先生が、目を伏せました。私は先生に向かって、勢いよく身体を乗り出します。

「だってそれでは私、シェイクドイル先生の新作が読めないじゃありませんか!!」

「は？」

「ずうっと楽しみにしているんです！　シェイクドイル先生のご本！」

ばん、とテーブルに手を突きました。

資料がばさばさと絨毯《じゅうたん》に落ちましたが、後で拾います。

そんなことより由々しき事態があるのです。

シェイクドイル先生の新作が出る。

その情報だけで、もう何ヶ月も前からわくわくそわそわ楽しみにして、毎日が楽しくなるのです。

発売延期になったりしたら落ち込みますが、発売まで元気でいようと自分を奮い立たせるのです。

それは私一人だけではありません。

その機会を私自ら奪うようなことは、絶対に許されないのです。

私は今――全国の何千、何万のシェイクドイラー代表として、ここにいるのですから。

「私が待っているのは私の本じゃありません。シェイクドイル先生のご本です!!」

「でも、僕はもう、昔みたいには」

「書けないなんて嘘です！」

シェイクドイル先生の瞳を見つめて、きっぱりと言いました。

シェイクドイル先生が書けること。それを私は、よく知っています。

「だって新作、出版されたじゃないですか」

「それは、やっとのことで捻り出した、だけで」

「やっとのことで捻り出してはいけないのですか？」

シェイクドイル先生が、はっと顔を上げました。

私には、シェイクドイル先生の気持ちが分かるだなんて、言えません。

だって私は、まだ物語を書き始めたばかりです。

期待してくれている人はいるけれど、シェイクドイル先生のように、世間の期待を背負っているわけでもありません。

シェイクドイル先生は、昔のように楽しんで書きたいと思っていらっしゃる。

それは当然です。書くほうとしては、楽しいほうがいいに決まっています。

でも、それでも。

「楽しくて仕方がなくて、すらすら浮かんできて、筆が進んで。そういう作品だって素晴らしいものはたくさんあるでしょう。でも、シェイクドイル先生が頭を捻って、血反吐を吐いて書いた新作だって、同じくらい素晴らしくて尊いものです！」

シェイクドイル先生の、最新作。

「少女探偵社」シリーズの最新作。

私はこの作品を読んで、思ったのです。

シェイクドイル作品の、最高傑作だと。

お手紙にもそう書かせていただきました。

私が、シェイクドイル先生の書いた作品を読んでどう思ったか。

それは私の胸の中にあるものです。

たとえ、作者であっても——否定してほしく、ないのです。

「アンナさんから伺いました。最新作が一番の売り上げだったって」

「それは、」

「もちろん、シェイクドイル先生の名前に惹かれた人だっています。私もシェイクドイル先生の最新作だから楽しみにしていました。ですが、読んでみて分かりました。この『少女探偵社』の最新作。私はきっとこれを読むために——『少女探偵社』に出会ったんだと」

シェイクドイル先生の手をぎゅっと握ります。

迷いげに逸らされていた視線が、私に向きました。

「シェイクドイル先生が諦めていたら……最高傑作とも言うべきこの物語は、世に出ませんでした。諦めずに机の前で唸って、血反吐を吐くほど思い悩んで、かき集めて、書いては消して。先生のその努力があったから、この物語は生まれたんです」

シェイクドイル先生の手は、冷たい。

そして中指の一部に、ペンだこが出来ていました。

ずっと、書き続けてきた人の手をしていました。

この手が、数多くの物語を生み出してきたのです。

「昔みたいに書けているかどうかは、読者には分からないんです。シェイクドイル先生」

実際に私がこの最新作を読んだ時には、裏の事情など全く知りませんでした。

シェイクドイル先生らしさが発揮された、「少女探偵社」の最新作にふさわしい作品だと、そう強く感じました。

ですが、たとえばあとがきに「血反吐を吐きながら書きました」と書かれていたとしても――作品に対する評価はきっと、変わりません。

いえ、シェイクドイル先生のご体調を心配はするかもしれませんけれど。

「私たちに分かるのは――この物語が私にとって、面白いか、どうか。それだけなんです」

私にとって、面白かった。

だから、続きが読みたい。

書き続けてほしい。

私の気持ちは――そういう、単純なものです。

「シェイクドイル先生。私たちはずっと、シェイクドイル先生の新作を待っているんです。どうやって書いたものでも構わないですけれど――他の誰でもなく、先生の新作を待っているんです」

「僕の、新作……」

「きっと他のファンも、そう思っていますわ」

全国何万、いえ何十万のシェイクドイラーを代表して、私は胸を張りました。

手紙の内容に困り果ててしまった、あの時。

空想するばかりだった私が、それを物語として描き出すことを選んだのは——きっと、それまで読んだ物語との出会いがあったからでしょう。

物語には、そうやって——誰かを動かす力があるのです。

だからきっと、作者を——シェイクドイル先生を動かす力だって。

「先生がもう『書きたくない』とおっしゃるなら、仕方がありません。コアなファンだけが、『少女探偵社』の最新作を胸に抱いて、いつか思い出になっていく。先生のおっしゃる通りになるかもしれません」

握った手に、つい力を込めました。

そんなことになったら私のようなファンは悲しくて悲しくて、毎年最後の新作が出た日が来る度に「『少女探偵社』の最新作発売から今日で〇年か……」とハンカチを噛み締めるのでしょうが……そこは割愛いたします。

「でも——『書きたいのに書けない』なら、やっぱり、私は」

じっと、シェイクドイル先生を見つめます。

シェイクドイル先生の、濃紺の瞳が、かすかに揺らめきました。

「私はやっぱり、シェイクドイル先生の新作が『読みたい』です」

「僕、は、」

シェイクドイル先生が、自分の胸を押さえます。

苦しそうに、吐き出すように――それでも、先生は言いました。

「書きたい」

零れた言葉は、まるで、涙のように。

じわりと――私たちの胸に、染みこんでいきました。

「書きたいんだ」

「では」

喉を詰まらせながら言ったシェイクドイル先生。

その手を握ったまま、立ち上がりました。

「ネタ探しに参りましょう！」

「え？」

シェイクドイル先生は、ぽかんとした顔で私を見上げていました。

手を引いて、早く早くと促します。善は急げと言いますもの。

「普段行かないような場所に行ってみたり、見たことのないものを見たりしたら、何か思いつくかもしれませんもの！　さぁ、支度いたしましょう！」

私にも、どこか行く当てがあるわけではありません。

どうすればシェイクドイル先生がスランプを脱却できるか、なんて。ご本人でも分からないものを、私が分かるはずはありません。

でも、何がきっかけになるか分かりませんもの。レオナルド様やアンナさんとお話ししていて、思わぬことがひらめきの鍵になることはよくありました。

シェイクドイル先生のあとがきではいつも自然のことが書かれていましたから——逆に、人がたくさんいるところに行ってみるとか、いかがでしょうか。

まずはアンナさんに相談してみましょう。きっと何か楽しい場所を紹介してくださるに違いありません。

「材料が見つかれば、素晴らしいものが作れる。シェイクドイル先生はそういうお方です。お話を聞いて、それがよく分かりましたもの」

「……血反吐を吐けば？」

「ええ、血反吐を吐けば！」

にっこりと笑うと、シェイクドイル先生が噴き出しました。

私には、シェイクドイル先生の気持ちは分かりません。

でも、非常に僭越ながら——この点に関しては、私とシェイクドイル先生とは同族なんじゃないかしら、と思うことがありました。

えへんと胸を張って、主張します。

「だって私、面白いお話が書けるなら――死なない範囲で血反吐くらい吐いたって構わない。吐いたってやめられない。そう思いますもの！」

「はは」

シェイクドイル先生は笑いながら――立ち上がりました。

その瞳は、まっすぐに前を見据えていました。

「うん。僕も同じだよ」


「あれ、レオナルドの奥さんじゃね？」

「だから婚約者だと」

「一緒にいる男、誰？」

「何？」

街を巡回しているところで、同僚の声にその視線を追いかける。

確かにクリスティーネが、商店街を歩いていた。

隣にいるのは――先日、クリスティーネが挨拶をしてたいそう感動していた作家だ。

いつもの俺への手紙よりも分厚いファンレターを書いて送っていた相手だ。

名前は、確か……。

「あー！　知ってる！　あれシェイクドイルだ！　売れっ子作家の！」

「言われてみれば！」

同僚たちが声を上げる。

顔を見ただけで分かるのか。

クリスティーネと出会うまで、本を誰が書いたかなんて気にしたことがなかったし、その作者の顔などますます興味がなかった。

どうやらクリスティーネたちが「有名」だの「売れっ子」だの言っていたのは本当だったらしい。

だが、その男が何故、クリスティーネと一緒にいるのか。

クリスティーネは楽しそうにその男の手を引いて、商店街を歩いている。

手を、引いて。

手を。

「奥さん、本好きなんだっけ。知り合いなの？」

「知らない」

「え？」

同僚が俺の顔を見た。

そして、ぴたりと動きを止める。

にやにや顔をやめて、真剣な顔で俺に問いかける。

「何、お前知らないの？」

「……ああ」

「まぁ、あれだろ。きっとファンなんだろ」

もう一人が、俺の肩をぽんと軽く叩いた。

そこからも同僚たちは何やら話していたが、まったく耳に入らなかった。


「クリスティーネ」

原稿の完成祝いに来てくださった、のかと思っていたレオナルド様が、何やらとても神妙な面持ちをしていらっしゃいました。

どうしたのでしょうと、私も真剣な顔をして「はい」と返事をします。

レオナルド様は眉根を寄せたまま、言います。

「もう、あいつと会わないでくれ」

「え？」

話が唐突すぎて、「あいつ」が誰のことだか分かりません。

アンナさん、ではないでしょうし――留学を勧めてくれた叔父様とも、最近は会っていません。

戸惑いながら、レオナルド様に問いかけます。

「あいつ、というのは」

「シェイクドイルとかいうやつだ」

そこではっと、レオナルド様にまだご報告していなかったことに気づきました。

だって、私がシェイクドイル先生の助手だなんて、まるで都合のいい夢みたいに思えてしまって……きちんと本当だったと確信が持ててから、お手紙でお伝えしようと思っていたのです。

ですが、実際にシェイクドイル先生のところにお邪魔してみたら、スランプ真っ最中だという話を聞いてしまって……それどころではなくなってしまいました。

私の出版原稿は完成しましたから、お手紙のペースも戻していました。

だからきっと、レオナルド様がお気になさることはないだろうと、そう思っていたのです。

きっと、街で私とシェイクドイル先生が歩いているところをご覧になったのでしょう。

それであれば、その時にお声掛けくだされればよかったのに。そうすればシェイクドイル先生ご本人からご説明いただけたのに。

シェイクドイル先生からスランプのことは口止めされていますから、私からは何をどこまで話していいものやら。

少し迷って、当たり障りのない部分を正直にお話しします。

「実は、助手として、新作を書くためのお手伝いをしておりまして」

「何故お前が助手など」

「す、すみません」

レオナルド様の口調がとても冷ややかで、思わず縮こまりました。

どうやらとっても、怒っていらっしゃる様子です。

シェイクドイル先生も貴族の身ですから、大した護衛もつけずに二人だけで街を歩いたことを咎めていらっしゃる、のでしょうか。

実際はシェイクドイル先生お抱えの護衛がついてきていたらしいのですが、隠れていたそうなので一見すると二人きりに見えたかもしれません。

もしくは、何か怪しいことに首を突っ込んでいないかと、心配していらっしゃる、とか？

シェイクドイル先生、一人でいるとよく騎士に職務質問をされるとおっしゃっていました。

どうにも疑われやすい外見をしていらっしゃるらしいのです。確かに少し、いえ、かなりミステリアスかもしれません。シルクハットとか、最近ほとんど見かけませんものね。

「どうして一緒に街にいたんだ」

「何故お前が一緒に行く。あのシェイクドイルとかいうやつが一人で行けばいいだろう」

「取材のために、」

「それは……申し上げられません」

きゅっと、膝の上で拳を握りしめました。

お約束したので、それればかりは、私が勝手にお話しすることは出来ないのです。

ですが、レオナルド様の表情がとても険しくて、真剣で……本気で心配してくださっているのがよく伝わってきます。

だから私も、誠意を持ってお返事しないといけない。そう思いました。

「ですが、シェイクドイル先生は今、新作を書こうと必死になっていらっしゃいます」

「そんなもの、お前に何の関係が」

「私は先生の作品を楽しみにしている一読者として、それを応援したいのです」

私はレオナルド様に向かって、深く頭を下げました。

おやさしいレオナルド様には、きっと伝わると信じて。

だってレオナルド様は——他でもない。私の作品を楽しみにしてくださっている、一番のファンですもの。

「申し上げられないことはありますが、やましいことは何もございません。どうか、お許しください」

「俺は、」

頭を下げる私に、レオナルド様がたじろぐ気配がしました。

彼は私のつむじをじっと見つめて、そして――ぽつりと呟きました。

「許すとか、そういうことが言いたいわけじゃない」

顔を上げます。

まるで子どもが拗《す》ねる時のような、寂しげな瞳をしているレオナルド様と、目が合いました。

「俺は、ただ、お前が……」

口を開いた状態で、レオナルド様は停止しました。

そしてくっと唇を噛み締めると、言いかけた言葉を飲み込んでしまわれます。

そのまま立ち上がって、さっと踵《きびす》を返しました。

「……無理を言って、悪かった。一度頭を冷やす」

そう言って、レオナルド様はサロンを出ていって……そのまま、帰ってしまわれました。

せっかくレオナルド様が心配してくださったのに、悪いことをしてしまいました。シェイクドイル先生にどこまでお伝えしていいか確認してから、きちんと謝らないと。

……聞き入れてくださるとよいのですが。

静まり返った部屋の中で、時計だけがかちこちと、時を刻む音を立てていました。

翌日。

シェイクドイル先生の仕事場で、奇妙なフルーツを前にしていました。

本で調べた情報を伝えて、それに従って侍女がおっかなびっくり皮を剝《む》いてくれたのですが、
果たしてあれで合っていたのかしら。

ほとんど中身が残っていませんし、種ばかりに見えます。

今日は普段は食べないものを食べてみよう、という趣向でした。

シェイクドイル先生と二人でフォークを片手に考えあぐねていると、呼び鈴が鳴りました。

侍女が洗い物で手が離せないようだったので、代わりに私が対応することにします。

今開けますと返事をしながら、ドアを開けました。

「え」

思わず声が出てしまいました。

レオナルド様が立っていたからです。

走ってきたようで、ぜぇはぁと肩で息をしています。

ええと、何故レオナルド様が、シェイクドイル先生の仕事場に？

「クリスティーネ」

伸びてきた手が、私を引き寄せました。

そのまま回ってきた腕に抱き込まれて、……いえあの、抱き込まれるというより、しがみつ

かれているような。むしろ、潰そうとしているような力加減でした。

く、苦しいです。中身が出そうです。

何とか首を捻って彼のほうを見ようとしますが、それすらままなりません。

レオナルド様が呼吸をすると、それで胸板が動きます。ますます居場所が狭くなりました。

ため息とともに、レオナルド様が小さく、低く言いました。

「やはり、無理だ」

「はい？」

「物分かりのいい婚約者にはなれない」

「れ、レオナルド様？」

レオナルド様が何の話をしているのか分からずに、頭が混乱してきました。

というか、あの、すごく、近いというか。密着していると、言いますか。

締め付けられて酸素が足りないのも相まって、ぐるぐると目が回ってきました。

「俺は、お前が、」

「クリスティーネさん？　どうかし、」

シェイクドイル先生の声がしました。

その言葉が、途中で止まります。

見えないけれど、状況が分かりました。私がレオナルド様に捕まっているところをご覧になったのでしょう。

シェイクドイル先生が慌てて、廊下の窓に駆け寄りました。

「き、騎士さーん‼　女の子が襲われてます‼」

「は⁉」

「ち、違います‼」

レオナルド様が驚いたおかげで、わずかに拘束が緩みました。

その隙を突いて、叫びます。

「こ、婚約者です！　私の‼」

「えっ」

レオナルド様の腕の中で何とか身体を捩《よ》じって、シェイクドイル先生のほうを向きます。

シェイクドイル先生は私とレオナルド様の顔を見て、そして言いました。

「最近の若い子って……その、情熱的だね」

「違います」

「いや、良いんだよ。ドラマティックでとても良いと思う」

「おい、何があっ、……」

ばぁんと勢いよく玄関のドアが開いたかと思うと、騎士様が二人、慌てた様子で飛び込んできました。

ああ、どうしましょう。何だか大騒ぎになってしまいました。

が、騎士様たちはレオナルド様の顔を見て、ぴたりと動きを止めます。

あら？

この騎士様……確か、王城でレオナルド様と一緒にいらっしゃった、ような。

騎士様たちは構えていた剣を鞘《さや》に納めると、呆れたように言いました。

「レオナルド」

「何だ」

「無理矢理はダメだって」

「何の話だ」

「人前もどうかと思う」

「だから何の話だ」


「いやぁ、ごめんごめん。不審者だと思って」

「…………」

シェイクドイル先生の仕事場に招待されて、レオナルド様はむすりとした表情で椅子に腰かけていました。

仕事場の場所はきっと、アンナさんに聞かれたのだと思うのですが……でも、どうしてここに？

それを問いかけようかと思ったところで、レオナルド様が先に口を開きました。

「クリスティーネは、俺の婚約者だ」

はい、それは、そうですね。

「俺にはクリスティーネが必要なんだ」

必要、と言うと、何だか少し大仰な気がしますけれど。

レオナルド様は私の物語を楽しみにしてくださっているし、私もレオナルド様の感想を楽しみにしています。そういう相互扶助の関係性にあることは確かです。

「彼女を返してくれ。頼む」

？？？？

頭を下げたレオナルド様を前にして、何も分からなくなりました。

そこではっと、思い至ります。

レオナルド様、シェイクドイル先生のことを知らなかったのです。

あの有名作家、シェイクドイル先生のことを、何も。

我々シェイクドイラーはもとより、世間の大多数の方が知っている情報を、知らない可能性がある。そんなことは常識ですね、ということすら、ご存知ない。その可能性に思い至りました。

それこそ……私が子どもの頃に初めてシェイクドイル先生の著者近影を見た時に、勘違いしたのと同じことを、考えていらっしゃるのでは。

そっと、隣で頭を下げているレオナルド様の袖を引きます。

「あの、レオナルド様」

「何だ」

「誤解があるのかもしれないのですが」

「誤解？」

レオナルド様が少し頭を起こして、こちらを見ました。

声を潜めて、彼に耳打ちします。

「シェイクドイル先生は女性です」

「……は？」

「私、これでも貴族令嬢ですもの。殿方と二人きりになったりしませんわ」

「え？？？？」

レオナルド様が私の顔を見ました。

そしてテーブルを挟んで向かいに座る、シェイクドイル先生を見ました。

どうやら本当に、ご存知なかったようです。シェイクドイル先生の逸話の中では一番有名なくらいのお話だったのですが。

レオナルド様は上から下まで、探るようにシェイクドイル先生の姿を見ています。ちょっと、失礼ではありませんか。

戸惑った顔のままで、レオナルド様が疑問を口から垂れ流します。

「だが、ふ、服装は……」

「死んだ主人の服でね」

シェイクドイル先生は、レオナルド様の様子で事情を察してくださったようでした。

にこりと微笑んだ先生を前に、レオナルド様はわなわなと身体を震わせています。

そして今度は、がばっと勢いよく頭を下げました。

「……完全に、勘違いをしていた。すまなかった」

「気にしないでくれ。よく間違われる」

シェイクドイル先生は本当に気になさっていないご様子で、紅茶のカップに口をつけました。

何とかしてスペースを作ったテーブルに、カップを戻します。

頭を上げたレオナルド様は、その様子をじっと見ていました。

今度はシェイクドイル先生にまっすぐ向き直って、言います。

「強そうで、いいと思う」

「ありがとう？」

シェイクドイル先生がくすくすと笑っていました。

ひとしきり笑った後で、シェイクドイル先生が私に向き直りました。

「クリスティーネさん」

名前を呼ばれて……今度は、シェイクドイル先生が頭を下げました。

な、何故シェイクドイル先生が、私に向かって頭を？？

慌てて腰を浮かせかけます。

「付き合わせて悪かったね」

「いえ、そんな」

「ここからは、一人で取材、やってみるよ」

シェイクドイル先生の言葉に、一瞬不安がよぎりました。

ですが……こちらを見るシェイクドイル先生の瞳が、とても力強くて。

本当に一瞬で、不安はどこかに行ってしまいました。

「大丈夫。君には本当に情けないところを見せてしまったけど……もうあんな馬鹿なことは言わないよ。何だか少し、摑めそうな気がするんだ」

シェイクドイル先生の口から出る「大丈夫」。

その重みは、私の直感を確信に変えてくれます。

「夫を亡くしてから……あまり、人と関わってこなかった。君と接してみて、そのあたりにヒントがあるんじゃないかって気が付いたんだ」

シェイクドイル先生が苦笑しながら、頬を掻きます。

そんな、私なんて何も、出来なかったのに。

それでも――また、先生の作品が読めるなら。ほんの少しでもその手伝いが出来たのなら。

こんなに読者冥利に尽きることは、ありません。

「だから、大丈夫。あとは血反吐を吐いて、頑張ってみるよ」

「ち、血反吐を？　どこか悪いのか？」

「ふふ」

意味深なウインクをするシェイクドイル先生と、きょとんとした顔で聞き返すレオナルド様。ついつい笑ってしまいました。

今はまだ、書くのが楽しいばかりの私です。書きたいことが溢れて止まらない私です。

けれどいつかきっと、このシェイクドイル先生の言葉が、私を助ける時が来る。そんな気がしました。

シェイクドイル先生が立ち上がるのに促されて、私も立ち上がります。

先生が差し出してくれた右手を、しっかりと握りました。

「ありがとう、クリスティーネさん。君の本が出版されたら、僕が一番にファンレターを送るよ」

「悪いが」

私が返事をするより前に、レオナルド様も椅子から腰を浮かせました。

そして私の隣に立って、シェイクドイル先生を見下ろします。

「一番は俺だ」

「え？」

「レオナルド様は、私のファン第一号なんです！」

そう告げると、レオナルド様はえへんと胸を張っています。対するシェイクドイル先生は不思議そうな顔で首を捻っていました。

「ファンレター、っていうか、レオナルドくんは直接言えばいいよね？　婚約者なんだし」

それは確かに、そうなのですが。

私たちにとって——手紙で伝えるというのは意味があることでした。

二人で視線を合わせて、小さく微笑みを交わします。

「……いや、直接言えばいいのに、あえて手紙を？　手紙じゃないと伝えられない、直接言えない手紙、遺言状、ダイイングメッセージ……」

私たちをよそに、シェイクドイル先生は何やらぶつぶつと独り言を言い始めました。

そして机の端っこに何とか載っかっていたインク瓶を引き寄せると——慌てて、机の上のティーカップを持ち上げて避難させました——適当に引っ張り出した紙の裏面に、文字をつらつらと書きつけていきます。

一枚の紙が真っ黒になるくらい、シェイクドイル先生は何度も、書いて、二重線で消して、矢印で繋いで、また書いてを繰り返して、そして。

「クリスティーネさん！」

「は、はいっ！」

「レオナルドくん！」

「!?」

勢いよく立ち上がると、私たちの肩をいっぺんに、抱きしめました。

「ありがとう、書けそうだ！」

その言葉に、胸がいっぱいになりました。

初めて先生に会ったあの日のように、視界がぼやけて……喉の奥が、きゅうと狭くなります。

やりましたよ、全国五百万の、シェイクドイラーの皆さん……！


「レオナルド様！　見てください！」

家に届いた本を胸に抱いて、私はレオナルド様のお屋敷を訪ねました。

あの後、私はレオナルド様にきちんと説明をしなかったことを謝罪して事情を説明し、レオナルド様も私に勘違いのことを謝ってくださいました。

ちゃんと、仲直りできました。

それがとても嬉しくて、ほっとしています。

レオナルド様が私に近寄ってくるのを待って、胸に抱いていた本を見せます。

「シェイクドイル先生が、新作の試し刷りを送ってくださったんです！」

「そうか」

「しかもサイン入りで!!」

レオナルド様にサインを見せびらかします。

あれからさほど経っていないのに、シェイクドイル先生はあっという間に新作を書き上げてしまいました。

もちろん以前ほどスムーズではなかったようですけれど、それでもシェイクドイル先生は、世間では速筆で有名な方なのです。

そんな先生の新作、それも、世に出る前の試し刷り。

それをいただけるなんて、もう、天にも昇る心地です。生きていてよかった。

「クリスティーネさんへ、って!!　はぁ、どうしましょう、もったいなくて読めません

「……！」

胸に本を抱きしめて、ぴょんぴょんとその場でジャンプします。

ここからまだ改稿を重ねる予定だそうで、そちらもとっても、楽しみです。

早く出版されないかしら。それまで大事にしまっておいて、本が出た時に読み比べをしようかしら。

そう思っていた、のですが。

「と思ったのですけれど、気づいたら読み終わっていました」

「そ、そうか」

シェイクドイル先生の新作を前にして、私が我慢できるはずもありませんでした。

もちろん夜を徹して読破しておりました。こうなる気はしていたのです。自分で自分のことはよく分かっていますもの。

「レオナルド様の分も一緒に届きましたので、ぜひ」

「俺は別に」

「とっても面白いですから、ぜひ！　それに、」

レオナルド様に向かって、えへんと胸を張って自慢します。

「登場人物の一人が、私に似ているんです」

「何？」

「ほら、この探偵見習いを名乗るキャラクターなんですけど」

最初のプロローグをレオナルド様に見せます。

レオナルド様はいまいちピンと来ていないようですが、よく読めば分かります。

きっと試し刷りを送ってくださったのは、モデルにしたことの許可を取るため、という意図もあったのだと思います。

アンナさんもそんなことをおっしゃっていました。

あのシェイクドイル先生の新作を手掛けられるだけあって、アンナさんもとっても気合いが入っている様子でした。「権利関係はきちんとね！」が、アンナさんの口癖です。

「レオナルド様に似たキャラクターもいますよ！」

「何？」

「警察官で、私と似たキャラクターの恋人なんです」

「こいびと」

レオナルド様が私の言葉を繰り返しました。

そして、つんとそっぽを向きながらも……私の手から本を受け取ります。

「……読んでみる」

「今度、一緒に感想をお話ししましょうね！」

「ああ」

私の誘いに、レオナルド様はやさしく笑って頷いてくださいました。

レオナルド様に似たキャラクター、第二章で死んでしまうわけですが……それはネタバレですもの、黙っていたほうがいいですよね。

シェイクドイル先生のお話に登場できて、しかも被害者になれるなんて、羨ましいかぎりです。私に似たキャラクターは最後まで無事でしたが、主人公にお礼を言って別れてしまいました。きっとシリーズ化しても、次の出番はないのでしょう。

被害者と犯人はミステリの花形ですもの。レオナルド様のキャラクター造形が、シェイクドイル先生の琴線に触れたのですね。

私も殺されてみたかったなぁと思いながら、レオナルド様と感想をお話しする日を楽しみにお待ちすることにしました。

クリスティーネ先生の
次回作にご期待ください！

第七章

クリスティーネ先生の出版

「これが、私の本……」

アンナさんから差し出されたそれを、両手で受け取りました。

ずしりと重いそれに、胸の奥がぐっと熱くなりました。

手で深い赤色の表紙をなぞります。

なめした革の感触が、しっとりとして心地いいです。

型押しされた部分がでこぼことしていて……その凹凸は。

——探偵王子、マックイーンの事件簿
——著　クリスティーネ・ゴードン

私のお話のかたちで、そして。

私の、名前のかたちをしていました。

ああ、どうしましょう。

こんなに素敵なことがあるなんて、私、知りませんでした。

私が書いてきたお話。

一つ一つはさほどの長さではありません。封筒がみちみちのぎちぎちになるまで詰め込んだなら、二通か三通で終わってしまうものばかりです。

手書きですし、便箋です。活字印刷よりも大きな字で、余白を取って書いています。

だから私は、今の今まで、あまり自信がなかったのです。

私が書いてきたお話が本当に、本になるのかしらって。

でも、今私の手にあるそれは、確かに「本」なのです。厚みだってシェイクドイル先生の最新作と同じくらいあります。

もし家の本棚に置いたなら、他の私が大好きな本と一緒に並べることが出来るのです。

こんなにも嬉しくて、胸が躍って――泣いてしまいそうになるなんて、人生で初めての経験でした。

白い便箋を前に、途方に暮れて。

何を書いてもいいのだと気が付いて、大空を羽ばたくように、大海に漕《こ》ぎ出すように。

好きなものを一人で、好きなように書き綴った。

最初はただ、それだけでした。

それを、生まれて初めて、誰かが読んでくれました。

面白いと言ってくれて、ファンになってくれて。

他にも、読んでくれるお友達が出来ました。

尊敬する方にも、楽しみにしていると言っていただけました。

物語をきっかけにして、これまで出会ってきた多くの人が、私の世界を広げてくれました。

私一人の力では、到底成し遂げられないことが、現実になりました。

世界がこんなにも広くて、空がこんなにも高くて、海がこんなにも、眩《まぶ》しい。

手のひらの上の重みが、それをじんわりと、私の胸に沁《し》み込《こ》ませていきます。

いつしか、こんなに遠くまで来ていたのですね。

ぱらりと、本をめくります。

いつの日か私が綴った言葉たちが、私の手書き文字ではなく、活字になってそこに並んでいました。

いつの日か私が思い描いた物語が、私の手を離れても、確かにそこに存在していました。

アンナさんには申し訳ないですが、もう一冊たりとも売れなくたっていいくらい、私の心は満たされていました。

「そうだよ。それがクリスティーネの本」

うまく言葉が出てこないままで本を抱きしめていると、アンナさんが自信いっぱいに胸を張って、言います。

「これから世界に羽ばたく、あたしたちの宝物」

アンナさんの言葉に、ますます胸がいっぱいになって……一人では抱えきれない喜びに、思わずレオナルド様を振り返りました。

「れ、レオナルド様……！」

レオナルド様が私を見て、力強く頷いてくれます。

「いくらだ」

「はい？」

「言い値で買う」

「レオナルド様？？？」

まだ市場に出ていないのですけれども。

戸惑いながら、レオナルド様を見上げます。

「ええと、差し上げますが」

「そうじゃない」

ですがレオナルド様は、はっきりとそう言って首を横に振ります。

首を傾げる私に、彼はまっすぐな瞳で言いました。

「買いたいんだ。お前の本を、一番最初に」

その言葉が、本当に、とってもとっても嬉しくて。

もうこれ以上ないと思っていた気持ちが、さらに幸せでいっぱいになりました。

一冊たりとも売れなくたっていいくらいだと思っていたのに——私、本当に幸せ者ですね。

瞳が潤んでくるのを誤魔化すように視線を逸らすと、アンナさんがにやりと笑いながら、レオナルド様に手を差し出しました。

「流通前特別価格で、三百ゼニーでーす！」

レオナルド様がポケットから財布を取り出して、お金を払います。

一瞬「本当にお金取るんだ」と思いましたが……これから本屋さんに並んだら、こうしてお客さんからお金をいただいて、代わりに本をお渡しするのですね。

また一つ、どこか現実味のなかった「出版」というものが、現実に近づいてきたような――そんな気がしました。

「はー、何だかあたしまで胸がいっぱいになっちゃった」

アンナさんが頭の後ろで手を組んで、感慨深そうに言いました。

本当にここまで、アンナさんにはお世話になりました。

改稿も校正も出版も、すべてが初めての私のことを、ここまでサポートしてくれたのですもの。並大抵のことではなかったはずです。

アンナさんも、活字職人の方も、製本工房の方も。そしてきっとこれから、本屋さんも。そういうプロの方々が、私の――素人の作品を、こうして世に出せる立派なものに仕上げてくださいました。

何度お礼を申し上げても足りません。関わってくださった一人一人に……そして出来ることなら、買ってくださる一人一人に、お礼を言って回りたいくらいです。

「でも、あたしが頑張るのはここから」

アンナさんがにっと、白い歯を見せて笑います。

「見ててね。ぜーったい、損はさせないよ」


本棚に差し入れた自分の本を眺めていると、自然と頰が緩みます。

自分の本。

ふふ。そうなんです。私の本、なんですって。

意味もなく取り出して、表紙をなぞって、そしてぱらぱらめくって。

夜は抱きしめて眠ったり、どこへ行くにも持って行ったり。毎日毎日、喜びを嚙み締めて過ごしました。

アンナさんは「損はさせない」と言ってくださいましたけど、私としては、もうこの本を手に出来ただけで、どんな宝石でもお金でも買うことのできない、素晴らしいものを手に入れた気持ちでした。

アンナさんの言う通り、まさに宝物です。

だから、売れているかどうかはまったく気にしていませんでした。

気にするのが怖かった、というのもあるかもしれません。

この本に関わってくださった方々のためにも、売れていたらいいなぁ、利益が還元されればいいなぁ、と、半ば他人事《ひとごと》のように祈る気持ちはありましたけれども。

そんな私に、出版から一月経った頃に現れたアンナさんが、両手を広げて言いました。

「好調でーす！」

好調。

そう言っていただいても、あまり実感はありません。ですがアンナさんが嬉しそうなので、何だかつられて嬉しくなりました。

「シェイクドイル先生の新作もうちから出せることになって、今注目が集まってるからね。これ以上ないタイミングだよ」

アンナさんがご機嫌で、何かの書類をぺらぺらめくっていました。

数字がたくさん書いてあって、おそらく何かの帳簿だと思うのですが……私にはさっぱりです。文字があるとついつい読みたくなってしまう私ですが、数字はその範疇《はんちゆう》の外でした。

日々数字と戦っているらしいアンナさんのことはただただ尊敬するばかりです。

アンナさんが今回お取引相手に選んだ工房で、シェイクドイル先生の新作を手掛けることになりました。もちろん製本も流通も、アンナさんの総合プロデュースです。

「アンナさんの交渉の賜物《たまもの》ですね！」

「何言ってるの。クリスティーネのおかげだよ」

アンナさんはそう言ってくださいますが……シェイクドイル先生がご自分の作品を預けたいと思わなければ、この結果は得られなかったでしょう。

だからやっぱり、アンナさんの交渉がよかったのだと思います。私だって、アンナさんにたくさん説得していただいたからこそ、出版まで踏み切ることが出来たんですもの。

全国五千万のシェイクドイラーが待ちに待った、シェイクドイル先生の新作。しかも完全新シリーズ。

今まで出していた工房ではなく、新しいところからの出版とあって、職人さんたちの工房や統括のアンナさんの商会についても、あちこちで噂になっていました。

その工房から初めて出版される本が、何と驚き、私の本だというのです。

私のような無名の新人が、と思うのですが……そういう外的要因も相まって、本を手に取ってくださる方が予想よりも多かったようです。

私のお友達も、何人か買ったと報告してくれました。レオナルド様はアンナさんから直接買ったのに、本屋さんでも購入されたそうです。「売っているのを見てみたかった」「見てみたら買ってみたくなった」とか。その気持ちは少し分かります。私もこっそりお店を見に行ってしまいましたもの。

事業として取り組むことになったので、観念して両親にも白状しました。

恥ずかしいから絶対に読まないでくださいとお願いしたので、表立っては隠してくれているようですけれど……お父様の書斎に本があるの、私、見てしまったので。

いいえ、公に発売した以上は、こうなるのは避けられないことなのですけれども。

面と向かって「時代考証が甘い」とか言われないことを祈るばかりです。

「情けは人の為《ため》ならず、ってこういうことだよねー。あ。次の巻ではシェイクドイル先生に巻末に解説書いてもらうのもいいかも」

「か、解説を⁉」

声が裏返ってしまいました。

新装版の巻末に解説が入っている本はよく見ますけれど、最初から解説を？

いえ、驚くところはそこではなくて。

あの憧れの、シェイクドイル先生に？？？？

解説？？？？

解説ということはもちろん、本を読んでいただくわけで。

そのうえでお手間を割いていただいて、私の本の――私の物語のために、文章を考えて手ずから認めていただくということで。

サインをいただけないかしらと夢に見たことはありましたが、そんな大それたこと、想像もしたことがありませんでした。

シェイクドイル先生の顔を思い浮かべます。

とても気さくな方ですから、お願いしたら「構わないよ」と微笑んでくれそうな気はいたしますけれども。

いたしますけれども！

そういうことでは！　ないのです!!

息を吸って、アンナさんに向かってわっと叫びます。

「い、いけません、恐れ多いです!!」

「そんなこと言って、いつまで経ってもシェイクドイル先生に本送らないんだもん。私から送っちゃったよ」

「だ、だって、覚悟が……心の準備が……」

呆れた様子でため息をつくアンナさんに、椅子の上で小さくなることしか出来ませんでした。

シェイクドイル先生は「読みたい」とおっしゃってくださったのですから、直接私からお渡しすべきだったのです。礼儀としてはそれが正解なことはよく分かっています。

でも。

だって。

「先生寂しがってたよ」

「うう」

「新作の改稿がひと段落したら読みます、ってさ」

蚊の鳴くような声でアンナさんにお礼を言いました。

シェイクドイル先生が、お時間を割いて、私の物語を。

うう、考えただけで何だか頭がくらくらします。熱が出てしまいそうです。

すっかりキャパシティオーバーの私を前に、アンナさんがぱちんと両手を叩きました。

その音に、はっと意識が戻ってきます。

「と、いうわけで！　好調につき、次の巻の原稿に入りたいと思いまーす！」

「つ、次の……巻……！」

思わず反芻してしまいました。

だって、シリーズを続けてもらえるなんて、思っていませんでしたもの。

あれが思い出の——最初で最後の、一冊だと思っていました。

アンナさんは以前、本を売って利益を出すのは難しいとおっしゃっていました。

だから投資なんだと。

アンナさんが私に、投資をしてくれている。

その気持ちに少しでも報いることが出来たならと、気が引き締まる思いです。

「まぁ、といっても、クリスティーネの場合は元になる原稿あるもんね。今回はエピソードゼロの内容まで入れられるかな」

「あの、アンナさん」

レオナルド様にお送りしていた手紙を書き写したものをぱらぱらとめくりながら言うアンナさん。

それを見て――アンナさんに呼びかけます。

私が真剣な声を出しているのに気づいて、アンナさんも手紙から視線を上げました。

「実は、レオナルド様に送っていた時に、悩んで入れなかったエピソードがあって……読み返してみたら、エピソードゼロよりも先に、そちらがあったほうが分かりやすいかもしれないと思いましたの」

「お。いいね、そういうの。どんな話？」

かいつまんで、アンナさんに説明しました。

探偵王子マックイーンのところに、侍女の無実を証明してほしいという依頼が舞い込むのです。始まりの事件と似た境遇に、マックイーンは平常心でいられない。

いつもだったらすぐに解決の糸口を見つけ出すのに、今回はなかなかうまくいきません。

そんな彼を心配した仲間たちの力を借りて、何とか事件を解決。マックイーンは過去との決別を果たします。

そこから、彼が仲間たちに自分の過去を打ち明ける。そういうエピソードを追加したかったのです。

自分のためだけに書いていた頃とは違う視点で、改めて物語を俯瞰《ふかん》してみて――このほうが時系列のつながりもよくなりますし、読んでいる方にも興味を持って読み進めていただけるのではないかと、そう気づいたからです。

アンナさんは時折相槌を打ったり、質問をしたりしながら私の話を真剣に聞いてくださいました。

確認するように何度か頷いて、アンナさんは言いました。

「いいと思う！　ただ、結構しっかり改稿してもらうことになっちゃうけど、大丈夫そう？」

「はい、問題ないと思いますわ」

「じゃあ、月末までに一回、追加部分のプロットだけ確認させてもらおうかな。そこで固まったら、もう書き始めちゃってOKだよ」

アンナさんがにっこり笑って言ってくださって、安心しました。

好きなものを書いている。それは変わりませんが――読みやすさという点で自分の考えが的外れではないと分かると、何だかほっとしますね。

帰ったらさっそくお話をまとめましょうと帰り支度を始めた私に、アンナさんが「あっ」と声を上げました。

「そうそう、忘れるところだった。これ、ファンレター！」

「ふ、ふぁん、れたー？」

アンナさんが私に手渡したのは、三通の封筒でした。

表に書かれた宛名は、「クリスティーネ先生へ」です。

「先生」だなんて、そんな。

私はただの、物語が大好きなだけの素人で、「先生」だなんてつけていただくような人間ではないのですけれど。

受け取った封筒を、じっと見つめます。

どれも筆跡が違いますし、封筒の色も形もまちまちです。別々の方が送ってくださったものでしょう。

私の、物語を読んで。

私にお手紙を書いてくださった方が、三人も。

封筒と便箋を用意して、私のためにわざわざ、ペンとインクで気持ちを綴って、送ってくれた。そんな方が、この世に三人もいる。

それって、とんでもないことです。

じんと胸が熱くなって、封筒がやけにずっしり、重みがあるように感じました。

変ですね。いつも私がレオナルド様に送っている手紙の方が、ずっと重たいはずなのに。

また一つ、実感した気がしました。

私が書いた物語が、私の手を離れて、誰かのもとに届いたのだと。

それをあらためて、感じた気がしました。

感動で何も言えずにいる私に、アンナさんが悪戯《いたずら》めかして笑います。

「いつもレオナルド様からもらってるでしょ？」

「いただいて、いますけれど……あれは、私のお手紙への、お返事と言いますか……」

レオナルド様からのお手紙はもちろん嬉しいです。言葉少なでも、きちんと読んで、楽しんでくださったのが伝わってきて、心があたたかくなります。

ですが、この名前も知らない方々からのお手紙は、まったく別の意味を持っているように感じたのです。

どう言っていいものかと困って視線を彷徨わせていると、にまにました顔でこちらを覗き込んでいるアンナさんと目が合いました。

「ふーん？　レオナルド様に言いつけちゃおっかな～？」

「あっ⁉　ち、違いますのよ、レオナルド様のお手紙は何と言いますか、別枠と言うか、と、特別と言うか、殿堂入りと言うか」

「何の殿堂～？」

アンナさんがきゃらきゃらと楽しげに笑っていました。

もう、アンナさんったら、すぐ揶揄うんですもの。

次にお会いした時に、私は届いた三通のファンレターをレオナルド様にお見せすることにしました。

だって、こういう自慢を聞いてくださるのはアンナさんの他にはレオナルド様だけですもの。

しかも、アンナさんは念のために先に中身を確認されたそうで、すでに手紙の内容を知っていらっしゃいました。初見の感動を分かち合えるのはもう、レオナルド様だけなのです。

「レオナルド様！　見てください、私、ファンレターをいただきました！」

喜色満面でお手紙を見せる私に、レオナルド様は目を丸くします。

見てくださいさぁ見てくださいと手紙をお渡しすると、レオナルド様は戸惑いながらも便箋を取り出して中身を読み始めます。

その横顔を見ながら、ほぅとため息をつきました。

「ファンレターをもらえるなんて、思っていませんでした……！」

「そうか」

レオナルド様が私の顔を見て、やさしく微笑まれました。

ですが手紙を読み終えたレオナルド様は、少し寂しげに俯いているように感じます。

はっと気が付いて、レオナルド様の腕にそっと手を添えました。

「もちろんレオナルド様のお手紙が一番最初でした！」

「それはそうだ」

レオナルド様が当然だろうと鼻を鳴らします。

寂しげな表情だったのが嘘のようです。ついくすくすと笑ってしまいました。

そんな私を見て、レオナルド様が少し困ったように眉を下げます。

「お前の物語が、俺だけのものでなくなったのは少々寂しいが……誇らしくもある。俺自身のことを褒められているわけではないのに、妙な気持ちだ」

言葉のとおり寂しそうな――それでもやっぱり嬉しそうな、複雑なレオナルド様の表情に、また胸がいっぱいになりました。

誰かに自分のことを「誇らしい」と言っていただく機会なんて――そうそうありませんもの。

「おめでとう、クリスティーネ」

レオナルド様が、私に手紙を返してくれました。

それを受け取って、ぎゅっと胸に抱きしめます。

そんな私を見て、レオナルド様はまたやさしく目を細めました。

「よかったな」

「はいっ！」

元気よく返事をしました。

その後レオナルド様と一緒に、いただいた手紙についてお話ししました。

こんなことを書いてくださって嬉しかったとか、ここを褒めてくださったとか。

このインクの色は、マックイーン王子の瞳の色をイメージしてくださったのかしら、とか。

レオナルド様とお話ししたことを含めて――私にとって、思い出深い出来事になりました。


アンナさんからプロットにＯＫをもらったので、二巻の原稿に取り掛かりました。

アンナさんと話していたエピソードを入れようと思うと、どうしてもその前後も手を入れなくてはいけなくなってしまいました。

けれど、どんどんアイデアが湧いてきてしまったんですもの。そして手を掛けたら掛けただけ、良いものが出来上がっていって。それが楽しくて嬉しくて、仕方がなかったのです。

ファンレター効果もあって、ついつい筆が進みます。

あれもこれも、そうだついでにもう一つだけ、と思っているうちに、朝が来る。そんな夜が何度かあって、第二巻の初稿が完成いたしました。

当初考えていたよりもだいぶたっぷり改稿してしまいました。一巻の時にも同じことを考えていたはずなのですが……不思議ですね。

完成した原稿を胸に抱いて、アンナさんのもとを訪れます。

アンナさん、何ておっしゃるかしら。

先に見てもらったレオナルド様は、とてもいいと褒めてくださいました。私も最初の手紙の頃よりも、良いものが作れたという自負があります。

どきどきわくわくしながらエントランスに招き入れられると、アンナさんが何やらたくさんの布を抱えていました。

「ごめん！　今ちょっと、急なお客さん来ちゃって。あたしの部屋で少し待っててくれる？」

そう言って、ばたばたとサロンに向けて歩いていかれました。

出版の他にも製糸業にも手を伸ばそうかと話していらっしゃったので、その関係のお客様かしら。

侍女の案内で、アンナさんのお部屋に通されます。

何度も入ったことがありますし、この前のプロットの相談もここでしました。もはや勝手知ったる他人様のお家、です。

物は多いけれど、きちんと種類ごとに分けられていますし、整然としています。雑然としていたシェイクドイル先生のお部屋とはかなり印象が違いました。

あそこに置いてある本は、異国の本かしら。前に来た時にはなかったはず。あとでアンナさんに見せてもらいましょう。

テーブルにあるあれは、先ほど抱えていらっしゃった布の残りですね。あまり見たことのない模様が織り込まれています。これも異国の物だったりするのでしょうか。

そんなことを考えながらお部屋の中を眺めていると、ふと、テーブルに置いてある手紙が目につきました。

宛名には黒いインクではっきりと、「クリスティーネ先生へ」と書かれています。

もしかして――私宛のファンレター、でしょうか。

そう気づいたら、気になって仕方がありません。

まさか、世の中に三人――レオナルド様を入れたら四人もいるなんて、と思っていた熱心なファンの方が、もう一人？

この方は一体、どんなことを書いてくださっているのかしら。

身体がうずうずしてきて、居ても立っても居られません。

他人様のお部屋の物に勝手に触れるなんて、いけないことですが……。

……いい、ですよね？　私宛ですもの。

はしたないとは分かりつつ、そっと手紙を手に取ります。

封は開いていますし、もうアンナさんも目を通されたはず。

そう自分に言い訳をしながら、封筒を開きました。

中には二枚、便箋が入っています。取り出して、畳まれたそれを開きました。

『探偵王子、マックイーンの事件簿』を読みました。

全然面白いと思えませんでした。

作者が何を言いたいのか分かりません。あまりマトモな本を読んだことのない人が書いたのでしょうか。

そもそも王子が探偵という設定に無理があると思います。

文章も稚拙だし、正直言って読む価値なし。お金を払ったんだからと無理をして読み進めましたが、一章読み終わらないうちにギブアップ。

こんなお話だって分かっていたら買いませんでした。

お金も時間も無駄になりました。

調べたらこれが一作目みたいだし、もしかして家族や友達に「面白い」とか言われて調子に乗っちゃったんじゃないですか？

残念ながら勘違いです。それを出版する出版社もちょっと、と思いますけど。

最近こういう、浮ついたうわべだけの物語が増えている気がします。

この作者がもっと重厚な、本格的な物語が書けるようになるまで、二度とペンを持たないことを願うばかりです。多分無理だと思いますけど。

ぱさり。

手から、便箋が零れ落ちました。

「お待たせ！　ごめんね、紡績機のことで急に変更があるって話で……」

部屋に入ってきたアンナさんに、はっと気が付いた時には――手に持った封筒を戻さなければと思っても、時すでに遅し、でした。


アンナさんは何度も、何度も謝ってくれました。

私の目に触れさせるつもりはなく――アンナさんのほうで保管するつもりだったそうです。

自分の管理責任だと、いつも元気で堂々としているアンナさんが、私よりもずっと落ち込んでいるように見えました。

私は「大丈夫ですよ」と返事をしました。

だって、手紙に書いてあったことは――そう思う人がいたっておかしくない内容ばかりでしたもの。

私が素人なのは、私自身がよく知っています。初めて書いたお話を、たまたま見つけてもらえて、本にしてもらえただけの素人です。

私は自分が楽しいと思えるお話を書いていて。

当然、そのお話を「面白くない」と思う人だっているはずです。

自分の書いたものが、誰にでも喜んでもらえるなんて、――世界中の人に面白いと感じてもらえるだなんて、そんな傲慢なことは、考えたこともありません。

私は私にとって、面白いお話が書けたらそれで十分で。

たまたま私の周りに、それを面白いと言ってくれる人がいる。それだけでもう、十分すぎるくらいに幸せで、恵まれています。

だから、大丈夫です、と。

そう言葉にして、もちろん心でもそう思って、アンナさんに伝えました。

それは本当に私の気持ちであって、嘘ではありません。

今日はもうやめておこうと心配してくれるアンナさんを制して、予定通り原稿についての打ち合わせをしました。アンナさんからの指摘や修正点をメモして、次にお会いする時までに反映させるとお約束しました。

打ち合わせの間も、特におかしなところはなかったと思います。

家に帰って、さて簡単な調整は今日のうちに反映させてしまいましょう、と思いました。

文机に向かって、原稿を広げて。

ここが分かりにくい、というご指摘でしたね。ではどういう表現にしたら、伝わりやすくなるでしょうか。

そう思って、考えてみます。

けれど——どうしてでしょう。

うまく言葉が、出てきません。

ええと。ではここは飛ばして、次の章を——ああ、ここの始まりが唐突な感じがするので、前の章の出来事を受けて、というのが分かるような文章を入れたらどうだろうか、と。そういうことでした。

ペンにインクをつけて、ここまでの文章を思い浮かべながら——次に書くべき一文を探します。

探して、考えて——。

ぽたり、と、インクが原稿に落ちました。

——あれ?

そこで何だか、少しおかしいと感じました。

いつもだったら、すらすら……とは言いませんけれど、いくつかキーワードが浮かんだり、何個かアイデアが浮かんだりは、するのですけれど。

頭では大丈夫と思っていても……やっぱり少し、ショックだったのでしょうか。

ですが、私も作家としての一歩を踏み出したのですもの。少しくらいショックを受けたからって、書けないだなんて言っていてはアンナさんに迷惑が掛かってしまいます。

仕方がないので原稿を片付けて、引き出しから便箋を取り出しました。

少し息抜きに、違うお話を書いてみましょう。書き出すと調子が出てきてすらすら筆が進むのは、よくあることです。

原稿の息抜きにレオナルド様にお送りする物語を書いていると、不思議とひらめいて、元の原稿の方も進んだりするのです。

そして書いているうちにあれやこれやとアイデアが浮かんできて、浮かんできすぎて困ってしまうのもよくあることでした。

さて、軍記物語は書き終わりましたし、ラブロマンスの番外編も書き終えました。次はどんなお話にしようかしら。

何を書いたっていいのです。私の自由です。

まっさらな便箋を前にして、ペンを握って、いつもの通り書き始めるだけ。

いつもと同じです。

ただ書き始めるだけ、なのですが。

どうしてでしょう。

私のペンは、ぴたりと止まったまま——動かなくなってしまいました。

いつものように、机に座って、ペンをインクに浸して。

いつものように、真っ白な紙を前にして。

いつものように、無限に広がるその世界に漕ぎ出そうとしてみても……どうしてか、ペンが進まないのです。

いつもだったら他のことが頭からすっぽ抜けてしまうくらいに湧き出してくる空想が、ひとつも思い浮かばなくて。

頭の中が、今まで生きてきた中で感じたことがないくらい、静かで。

しんと、静まり返っていました。

どうして、でしょう。

だって私、大丈夫な、はずなのに。

どうしてか、何時間机に向かっていても、一文字も書き出すことが出来ませんでした。

書けないだけではなくて――頭の中にも、浮かんでこなくて。

今日は、疲れてしまったのでしょうか。

ゆっくり眠ったら、きっと。

きっと大丈夫ですよね。

そう思って、早々に身支度をしてベッドに入ることにしました。

ですが、その頃にはもう、分かっていました。

何かが、おかしいと。

それでも、目を背けるように――一縷《いちる》の望みをかけるように、シーツをかぶります。

翌朝。

のろのろと文机に向かいます。

文机に向かう足取りがこんなに重いのは、初めてで。

やっぱり何か、おかしい。

椅子に座って、昨日置いたままにしていた便箋を前にペンを取ってみても、状況は昨日とまったく変わりませんでした。

書けない。

書きたいものが、浮かばない。

書かないといけない、とは思うのですが。

書きたいと——思えない。

最初の一文、一単語、一文字、一画。

それすらも、思い浮かばない。

書けない。

ことりと、ペンを置きました。

そして呆然と、便箋を眺めます。

まっさらな便箋が——おそろしくすら、感じます。

今まで自分がどうやって書いていたのか。

どうやって空想をして、それを文字にしていたのか。
それが、どうしても思い出せません。
そんなのはおかしい、と思います。
だって、ほんの昨日まで、普通に出来ていたことなのに。
お手紙を何十通も――いえ、百通超えているかも――書いたのに。
一冊の本になるくらいの分量を、書き上げたのに。
それでもまだまだ、書きたいものがたくさんあった、はずなのに。
今は何も――書きたく、ない。
こんなことは、初めてで。
どうしたらいいか、分かりませんでした。
どうしましょう。
私は大丈夫、の、はず……だったのに。
一体何が、いけなかったのでしょうか。

アンナ嬢から連絡を受けた。

クリスティーネが、ひどい感想が書かれた手紙を目にしてしまったと。

その瞬間、居ても立ってもいられなくなって、屋敷を飛び出した。

こんなことが前にもあったな、と思う。

今までこうして何度も家を飛び出して、駆けつけて……そのたびに、きょとんとした顔をしたクリスティーネが俺を出迎えた。

結局心配していたのは俺だけで、クリスティーネはあっけらかんと「どうしましたか？」とか言って、俺が拍子抜けして脱力する。そういう展開が何度もあった。

今回もそうなのかもしれない。

いや、むしろ……そうだったらいい。

勝手知ったるゴードン邸に押し入って、クリスティーネの部屋のドアをノックする。

返事がない。

しばらくして、ドアがゆっくりと開いた。

「レオナルド様」

ドアの隙間から俺を見上げたクリスティーネが、何だか気まずそうに目を逸らす。

その時点で、普段と様子が違うことは俺にも分かった。

いつもクリスティーネがみなぎらせている、覇気というか、元気というか。そういうものが、感じられない。

「お手紙、お待たせしていてすみません」

クリスティーネは俺を部屋の中に案内すると、しょんぼりと肩を落とす。

その姿がいつもより小さく見えた。

手紙の話をする時も、物語の話をする時も。クリスティーネはいつも楽しそうで、元気で
――眩しくなるくらいに明るかった。

目の前の彼女からはその光が、消えてしまったように感じる。

ざわざわと、胸騒ぎがする。

「ペンを握ってみても、何だか物語が浮かばなくて」

クリスティーネが困ったように笑う。

やはり、おかしい。

あのクリスティーネが、ペンを握っても物語が浮かばない、などと。

そんなことが、あるはずがない。

だってあの、クリスティーネだ。

顔も知らない婚約者にまで、物語を送りつけるようなクリスティーネだ。

そんな彼女が、……書けなく、なった？

「アンナさんから聞きました、よね。でも私、大丈夫です。全然、平気なんですよ」

クリスティーネがそう言って、また笑う。

いつもなら、クリスティーネが笑っていると嬉しくなる。胸があたたかくなる。
ついつい俺までつられて、口元が緩む。
だが今日の彼女の笑顔は痛々しいばかりで、俺は奥歯を食いしばった。
「だけど、何故か——書けない、みたいで」
悲しみと、悔しさと、怒り。
それが綯《な》い交《ま》ぜになった感情が胸の内に沸き上がる。
クリスティーネが書く物語は面白い。
それまで物語に興味のなかった俺を、夢中にさせてしまうくらいに。
俺は彼女の書く物語が大好きだ。
そして、物語を書くクリスティーネは——いつも、楽しそうだった。
物語について話す彼女はいつも、生き生きしていた。
それを見ている俺が、嬉しくなるくらいに。
それなのに。
「書きたいと、思えなくて」
そんなクリスティーネから——書く喜びが、奪われたのか？
心ないたった一人の人間の、手紙のせいで？
顔も知らない、誰かのせいで？

――そんなこと。

そんなこと、――絶対に、許さない。

「俺ではダメか、クリスティーネ」

クリスティーネの前に跪《ひざまず》いた。

俯いた彼女の顔を、覗き込む。

「俺の言葉では、足りないか」

クリスティーネの瞳を見つめる。

彼女は俺の視線から逃れるように、飴玉《あめだま》のような瞳を伏せた。

立ち上がる。

彼女の部屋の中をずかずか進んで、彼女の文机に向かう。

右側の一番上の、引き出しを開けた。

そこには俺の、――俺からクリスティーネへの、手紙が入っている。

クリスティーネが教えてくれたのだ。俺からの手紙を、ここに大事に、しまっている、と。

「確かに字は下手だし、お前みたいに気の利いた言葉も書けない」

手紙の束をまとめて取り出した。一番底に残っていた手紙まで全部引っ張り出す。

気まぐれに開けてみれば――ひどい字で、「疾ク送レ」とか書いてある。

本当に、ひどい字だな。

「でも誓って言える。嘘は書いてない」

クリスティーネをまっすぐに見つめる。

もう一つ、封筒を開けた。

「これはこの前、本が出た時の手紙だな。『俺ニ　送ラレテキタ　時ヨリモ、読ミヤスク　ナッテイタ。イイト　思ウ』……ふん。もう少し何か言い方があると思うが——事実だ。もとから面白かったが、より洗練されていて、俺はいいと思った。だからいいと書いた」

もう一つ、封筒を開けて、便箋を広げた。

「これは、お前が留学から帰った頃の手紙か。『幼馴染ガ　気ノ毒ダト　思ッタガ、都会デ伯爵ガ　主人公ヲ　守ッタシーンヲ　見テ、コノ二人ニ　幸セニナッテ　ホシイト　思ッタ』。最初は本当に、田舎に帰って幼馴染と幸せになってくれと思っていたんだが。伯爵の過去と主人公の思いを見せられるともう、応援するしかなくなったな」

また一つ、封筒を開けた。

封筒をいくつもごそごそと持っているのが煩わしくなって、適当に放り投げた。

「『悪魔視点デ　話ガ繋ガッタ。悪魔ガ　命ヲ賭シテ　少女ヲ蘇ラセタ　シーンガ　特ニ感情ガ　伝ワッテキテ　ヨカッタ』……これは、悪魔と目が見えない少女の話の時だな。恥ずかしい話、あの話は読み返すたびに涙腺に来る。この時の手紙をアンナ嬢に見せる時には、くれぐれも便箋が歪んでいるのは俺の涙のせいではないと言っておいてくれ」

また一つ。

「『軍記物語　ト　料理、　不思議ト　ピッタリナ　物語ニナッテイテ　驚イタ。戦イハ　臨場感ガ　アッタシ、料理ガ　ウマソウデ　夜中ナノニ　腹ガ　減ッタ』。お前なりの軍記物語、とても面白かった。俺のために書いてくれたのも嬉しかった。お前がくれた物語の中で、一、二を争うくらい好きな物語だ。が、読み返すのは食後にしないと腹が減るのが困る」

いくつも、いくつも、封筒を開けた。

便箋を開いて、読み上げて。封筒を放った。

開くたびに、彼女がくれた物語が鮮明に思い出せる。

その物語を読んだ時の自分の気持ちが、色鮮やかに蘇る。

「『手紙　続キ　疾ク送レ』……これは、最初の手紙だ。今思うと本当にひどい手紙だが……それでも。俺が初めて、物語を読んで続きを読みたいと、そう思った証拠の手紙だ。この頃の俺は、なかなかにひどい婚約者だったが……そんな俺が、手紙を書くのが大嫌いなこの俺が、催促の手紙を書いた。そのくらい、面白かったからだ。お前の──『探偵王子、マックイーンの事件簿』が」

くしゃりと、手にした手紙を握りしめる。

クリスティーネの書く物語は、どの物語も、面白い。

そして、どの物語も──愛おしい。

「分かるか。俺は本当に、お前の書く物語が好きなんだ」

俺が送った、たくさんの手紙。

クリスティーネが俺に送ってくれた手紙——物語よりも、ずっと少ない。

だが、それでも。

名前の知らない、その「誰か」より、ずっと、俺のほうが。

クリスティーネに歩み寄る。

汚い字の手紙を、何通も、何通も、彼女の手に押し付けた。

「しばらく休んでもいい。ゆっくり休んで、好きな本を読んで、好きな菓子を食べて、友人と茶を飲んで」

「レオナルド、さま」

「でもまた、書いてほしい」

クリスティーネが、俺が押し付けた手紙を見た。

そして、俺を見上げる。

「お前がやりたくなったらでいいんだ。無理はしなくていいから、だから」

クリスティーネの肩を、ぐっと両手で強く掴む。

細い、と思った。

話しているうちに、だんだんと喉の奥が、狭くなってきたような心地がする。

「書けないなんて……やめるなんて、言わないでくれ」

クリスティーネが、目を見開いた。

我儘なのは分かっている。だがどうしても、やめてほしくなかった。

俺はクリスティーネの物語が好きだ。

そして、楽しそうに物語を書いている、クリスティーネのことが。

「好きだ」

クリスティーネの身体を抱きしめる。

彼女の亜麻色の髪に顔を埋《うず》めながら、締め付けられる胸の奥から、絞り出すように言う。

「大好きなんだ」

情けない声だ、と思った。

もう完全に、涙が混ざっている。

自分でも何故泣いているのか、よく分からない。

それでも、止められなかった。

「……愛してるんだ、クリスティーネ」

ぎゅっと掻き抱くように彼女を抱きしめながら、独り言のように呟く。

愛おしい彼女を、そして彼女が愛するものを。

失いたくない。奪われたくない。ただ、その一心だった。

「どうして、レオナルド様が泣くんですか」

「……分からない」

腕の中のクリスティーネが、かすかに身じろぎをして——か細い声で、問いかける。

その問いに俺は、首を横に振った。

「だが、悔しい。それに、悲しい」

「そう、ですね」

俺の言葉に答えるクリスティーネの声は……普段とは比べ物にならないくらい、小さくて、震えていた。

腕の中で、彼女が頷いた。

「私も、悔しいです」

そっと、彼女の髪に手を触れた。

細くて絡まってしまいそうなそれを、出来るだけやさしく撫でる。

「それで、悲しいです」

静まり返った部屋の中に、ぽつり、ぽつりと、彼女の言葉が落ちる。

その静けさが彼女の感情を、そのまま表しているようだった。

「かなしい、」

彼女の肩が、身体が、震えた。

「う、」

頭を抱き込んで、泣き崩れそうな華奢な身体を支える。

いや、支えようとした、のだが。

「わあああああああん!!」

瞬間、耳元で爆音が轟《とどろ》いた。

「悲しい、悲しいです、もう、悔しい、悔しい、うわああああああああん!!」

爆音が泣き声だと気づいたのは、一呼吸おいてからだった。

クリスティーネが、大声で泣いていた。

驚愕と失われた鼓膜に思わず腕を緩めていたが、彼女はそれに構わずに、子どものようにわんわんと泣きじゃくり続けた。

どうしていいか分からずおろおろして、結局、彼女の背をぽんぽんと叩いてやることしか出来ない。

それでも彼女は、大音量でただひたすらに、泣き続けた。

その姿に——何となく、ほっとする。

泣いている彼女が——先ほどまでより、元気に見えたからだ。

いつものクリスティーネのかけらを、見つけた気がしたからだ。

鼻をすんすん啜《すす》りながら、レオナルド様に向かって頭を下げます。

「お見苦しいところをお見せしました」

「いや、構わない」

レオナルド様が部屋の片隅から見つけてきたちり紙を持ってきてくださいます。ちーんと鼻をかみました。

ソファに背を預けて、ふぅ、と小さく息をつきます。

泣いたら何だかすっきりしました。

「悲しい」、「悔しい」。そう言葉にしてみたら、不思議と心が、すとんと楽になったような気がします。

ずっと焦っているような気持ちで、どうしてでしょう、何故でしょう、と、そう思っていたのですが。

私は、悲しかったんですね。

悔しかったんですね。

それを認めてみたら、ぐるぐるしていた思考と、胸に詰まっていた苦しさが軽くなりました。

少し、気を張っていたのかもしれません。

お金を出して本を買っていただいて、読んでくれた方に満足してもらえなかった。それは私が受け止めなくてはならないことで——悲しんだり、悔しがったり。そんなことをしてはいけないのだと、どこかで思い込んでいたのかもしれません。

だけど、それは私にとって、とてもとても、苦しいことだったみたいです。

他に何も、手につかなくなるくらい。

「私、ショックでした。悲しかったし、悔しかったです」

視線を下げて、俯きます。

大丈夫、と思ったのも、嘘じゃありません。

それと同じで——悲しいと思ったのも、悔しいと思ったのも、やっぱり嘘じゃないのです。

両方の気持ちが確かに私の中に存在していて、——その両方ともが、目を背けてはいけないものだったのだと思います。

どちらもきちんと受け止めないと、きっと——先には、進めない。

「今の私に出来ることはすべて出し切りましたし、レオナルド様にも、アンナさんにも褒めていただきました。見ず知らずの方が、ファンレターまでくださいました。私自身も、良いものを作ろうと頑張ったことには、自信があります。だから……悪く言うお手紙が届いて、傷つきました」

あのお手紙。アンナさんに回収されてしまったので、もう読むことは出来ませんが——頭の中にはっきりとこびりついていて、離れませんでした。

内容には「もっともだ」と思うことが書かれていたとしても——私はショックを受けて、傷ついた。

それは確かにその時の私の「気持ち」であって、今から変えようと思っても、なかったことにしようとしても、出来ません。

だけど。

「でも、『こんなことなら書かなければよかった』とは、思わないんです」

胸いっぱいに抱きしめた、レオナルド様のくださったお手紙。

膝の上に載せたそれは、改めて集めてみるとたくさん、本当に、たくさんありました。

レオナルド様が私にくれた、言葉たち。

開くたびに、いつの、どのお話へのお手紙か思い出せます。

ひとつひとつ、どんなに字が下手でも、気の利いた言葉じゃなくても。

全部全部、私の大切な、宝物でした。

そしてそれは、私の書いてきた物語も同じです。

「だってもう、私だけの物語じゃありません」

これもきっと、どちらも本当なのです。

あの手紙だって、誰かの本当の気持ちなのでしょうけれど——傷ついた私の気持ちも、物語を面白いと言ってくださったレオナルド様の気持ちも——ファンレターをくださった方の気持ちも、本当です。

そんな簡単なことも、分からなくなっていました。

「私のために書いて、それがいつの間にか、私の物語を喜んでくれる誰かのためにもなった。それがとっても、嬉しかったです」

誰かに読んでもらうことなんて思いもしていなかった頃から、気が付いたらずいぶんと、遠くまで来ていました。

急に遠くまで来てしまったものだから、少し道を見失ってしまったみたいです。

「私は、あのお手紙をくれた人のための物語が書けなかった。きっと、そういうことなんだと思います」

あのお手紙を見た私は、ショックを受けて、悲しくて悔しくて。

きっと無意識に——「もう二度と、あんなお手紙をもらわないような物語を書かないといけない」と。

そう思ってしまっていました。

「次はあのお手紙の方にも、良いと思ってもらえる物語を書かないといけない」と。

だからきっと、書けなかった。書きたいと、思えなかった。

だって私、そんなことを考えて書いたことなんて、なかったんですもの。

「せっかく読んでくれたのに、申し訳ないとは、やっぱり思います。でも――私は、」

でも、もう大丈夫です。

私の物語は――誰に宛てて書いたものか。

それをちゃんと、思い出したから。

「私は、私のために。……私の物語を、喜んでくれる人のために、書きたい」

ぎゅっと、胸の前で手を握ります。

最初は、私自身のために。

次は、それを喜んでくれる人のために。

そして――私の物語を、一番喜んでくれるのは。

「誰かじゃなくて、あの手紙の方ではなくて。貴方のために、書きたいです」

「クリスティーネ、」

「レオナルド様。ダメじゃないです」

レオナルド様が、きょとんとした顔で私を見ていました。

構いません。私が先ほどのレオナルド様の問いかけに、答えたかっただけです。

「俺ではダメか」って、レオナルド様の問いかけに――「ダメじゃないです」って。

だってあの時、私は何も言えなかったんですもの。

隣に座るレオナルド様の青い瞳を見上げて、言います。

「私、貴方の感想が聞きたいです」

レオナルド様の手を、ぎゅっと握りました。

「他の誰かじゃ、ダメです。貴方のお手紙がほしいんです」

言葉を重ねるたびに、レオナルド様の顔が、みるみるうちに赤くなっていきます。

彼と隣同士で座って、手を握っていられるのが嬉しくなって、彼の名前を呼びました。

「レオナルド様」

「く、クリスティーネ」

「私も、大好きです！」

そう言いながら、彼に勢いよく抱き着きました。

膝に載せていたお手紙が、ぶわりと舞って。

その後私たちは、レオナルド様がぽいぽい放り投げた封筒と一緒に、お手紙で神経衰弱をすることになったのでした。

クリスティーネ先生の
次回作にご期待ください！

終章

クリスティーネ先生の次回作にご期待ください！

りんごん、と鐘が鳴ります。

窓を開けると、清々しい気持ちで空気を吸い込みました。

コルセットが窮屈でしたけど、新鮮な空気を吸うと気が紛れますね。

今後結婚式のエピソードを書くことがあったら、ウエディングドレスがいかに窮屈かをついつい微に入り細を穿《うが》ち書いてしまいそうでした。

「クリスティーネ」

別のお部屋で支度をしていたレオナルド様が、ノックの後で現れました。

礼服姿が眩しいです。まるで絵本の中から抜け出てきたようでした。

彼は私のところまで歩いてくると、頬を染めながら言いました。

「綺麗だ」

「ありがとう、ございます」

そんなにまっすぐ言われると照れてしまいます。

どうしていいものか分からず、私も彼を見て思ったことをそのまま伝えました。

「レオナルド様も、とても素敵です」

「そ、そうか」

照れくさいのはレオナルド様も同じだったようで、うろうろと視線を彷徨わせてしまいます。

それが可愛らしく思えて、服装が違ってもいつものレオナルド様だなあ、と安心しました。

ふと、レオナルド様が腰に佩《は》いている剣が気になりました。

前に騎士団の装備品で見せていただいた剣とは違って、細くて少し、曲がっています。

「変わった形の剣ですね？」

「儀礼用の剣だ。俺も同僚の結婚式でしか使ったことがない」

「使う？」

結婚式で剣を使う、というと、ケーキ入刀、でしょうか。

いえ、それはきっと専用のナイフを使うはず。

では、「使う」というのは――。

「まさか、何か不測の事態が!?」

「いや、余興で」

「余興？」

「こうして剣でアーチを作るんだ。その下を新郎新婦がくぐるんだが……」

ぴたり、とそこでレオナルド様が動きを止めました。

剣を掲げたままで停止しているので、とても様になってはいるのですが……何故だかみるみるうちに、赤面していかれました。

……何か、恥ずかしいことでもあったのかしら。

じっと彼の顔を見上げている私に気が付いたのか、レオナルド様はさっと剣を下ろして居住まいを正します。

「いや。それだけだ」

絶対にそれだけではないと思うのですけれど……おそらく聞かれたくないことなのでしょうと思って、深く追求するのはやめました。

レオナルド様が剣を腰に戻す様子を眺めながら、思考を儀礼用の剣に戻します。

「きっと、何かがもとになった習慣ですよね。どういった逸話があるのでしょう」

「普段使っている剣を持ってくると血なまぐさいからじゃないか」

「なるほど」

実際のところ綺麗にお掃除されてはいると思うのですが、そのあたりはやっぱり「結婚」という儀式に持ち込むにはふさわしくない、ということなのでしょうか。

そういえば以前読んだ本で、「縁を切る」というのをイメージさせるから、結婚式などでは刃物は縁起が良くないとされると書いてあったような。

だからわざわざ儀礼用の剣に変更する、とか？

ではその慣習を利用して……古くからの想い人《おもびと》の結婚式に、あえて本物の剣を持ち込む、というお話はどうかしら。

心の奥底でその結婚が長続きしませんように、と思って、誰にも知られずに真剣を持ち込んだ主人公。ほんの少しの意趣返しのつもりで、本当に愛し合っているならこんな迷信振り切って幸せになってみろと、そんな気持ちで。

だけれどその場に賊が押し入る騒ぎが起きてしまう。でも周りは皆儀礼用の模造刀しか持っていない。やむなく主人公が剣を抜いて戦わざるを得なくなってしまって……。

いつの間にかふよふよとペンを探して彷徨い始めた私の手を、レオナルド様がそっと握りました。

「ドレスを汚してくれるなよ」

「はっ!?」

我に返りました。

いけません、ついいつもの調子で紙とペンを探してしまっていました。

グローブは外すにしても、全身真っ白なドレスです。そもそもパニエが盛りだくさんで座るのだってやっとです。そして座っていくら手を伸ばしても、机には届きません。

お家に帰ってからにしましょう、と息をつきました。

ああ、それまでこのアイデアが零れてしまわないといいのですけれど。

ぱたぱたと自分の顔を手で扇《あお》ぎながら、気持ちを落ち着けます。

「そうでした、いけませんね」

「……俺が代わりに書こう」

「え？」

レオナルド様が私の手を放して、机の前の椅子に座りました。

白手袋を外してポケットに突っ込むと、インク瓶を引き寄せます。

その様子を、私は目をぱちくりさせながらじっと眺めていました。

「何だ」

「だって、レオナルド様……文章を書くの、お嫌いでしょう？」

「別に」

目の前に広がる光景があまりに意外だったので、思わず考えたことをそのまま言葉にしてしまいます。

だって、お手紙の返事だって、お願いしてやっと返していただいていたのに。

レオナルド様はちらりとこちらを見て、ややぶっきらぼうに言いました。

「字が汚いのが恥ずかしかっただけだ」

ふんと鼻を鳴らすレオナルド様。

それは知っていますし、ご本人もそうおっしゃっていました、けど。

レオナルド様は寄せていた眉をふっと緩めて、微笑みます。

「お前は俺の字が汚くても、笑わないだろう？」

「ふふ、はい」

その言葉に、微笑み返しながら頷きます。

「だってレオナルド様は、私が物語を送っても――笑ったりしませんから」

思いついたアイデアを話すと、レオナルド様がそれを紙に書きつけてくださいました。

やっぱり個性的な字ですが、もうすっかり読み慣れたので問題ありません。

私の話を、レオナルド様が聞いてくださって。

それが文字になっていく。

この瞬間がとても、幸せなものに感じました。

ずっと――こんな時が、続けばいい。

そう思うのは――ウエディングドレスと教会のなせる業、なのでしょうか。

一通り話し終わったところで、レオナルド様が書いてくださったメモを受け取ります。

「ありがとうございます！」

「いや、いい。インクが乾いていないといけないから、式が終わるまで置いておけ」

「はい」

メモをテーブルに置きました。

何だか名残惜しい気持ちになります。

だって、結婚したら――レオナルド様からお手紙をいただくことは、なくなってしまうのかもって、そう思ったのです。

一緒に住んでいて、お手紙も何もありませんものね。

レオナルド様の、独特な文字、個性的な文章。

私にとってはそれがいつの間にか……大切で、愛おしいものになっていたのです。

そこでふと思い出しました。

「そういえば、異国の文化では、交換日記というものがあるそうですわ」

「交換日記？」

「お互いに日記を書いて、一日ごとに交換するんです」

「他人に日記を見せるのか⁉」

レオナルド様が素っ頓狂な声を上げました。「信じられない」と言いたげなご様子です。

ええと、そうですね。

自分用の日記を誰かに見せる、と思うと、そういう反応になるのかもしれません。

「日記、というより、日記帳を使ったお手紙の交換、という感じでしょうか」

「報告書のようなものか」

ふむ、と何か考えるような表情をするレオナルド様。

そして、はっと息を呑みました。

「それだと、一日おきに新作が読めるのか……⁉」

「そうなる、でしょうか？」

「そんな、夢のようなことがあっていいのか」

レオナルド様は驚きにわなわなと身体を震わせています。

そんなに喜ばれると、少し照れくさいです。ですが、一日おきではお手紙のような分量を書くのは難しいかしら。

「さすがにこれまでみたいにたくさん書けるか分かりませんが」

「それでもいい」

彼が嬉しそうに微笑みました。

私もレオナルド様から感想のお手紙がいただけるのは嬉しいですから、同じですね。

本当に日記帳を用意しようかしらと考え始めた私に、レオナルド様が怪訝そうに首を捻りました。

「しかし、それはどういう文化なんだ。異国では物語の交換が盛んなのか？」

「どちらかというと、エッセイでしょうか？」

私もその風習のことは本で読んだだけですから、詳しくは分かりません。

ですが、その日にあったことや、思ったこと、相手に知ってほしいこと。それを書いて交換するのだそうです。楽しそうだなと思っておりました。

毎日のように会える相手としか出来ませんから、学生の時に知っていたらお友達と試していたでしょう。

そうしたら、私の物語を最初に読んでいたのは——レオナルド様ではなかったかもしれませんね。

　そこでまた、思い出しました。

「複数人で物語を一ページずつ、代わりばんこに書いて一つの物語を作り上げる、という文化もあるようです」

「どういう国だ、それは」

「気になりますよね！」

　より一層怪訝そうに眉をひそめたレオナルド様に、勢いよく身を乗り出しました。

　珍しい文化だと思って、知った時にいろいろと調べたのです。

　その時に学んだことを話します。

「何でも、夏がとても暑くて、冬がとても寒い……砂漠の地域なのだそうです。だから外に出られる時間が少なくて――その中でも楽しめる娯楽の発展が進んでいるとか。……想像もつきません。一体、どんな場所なのでしょう」

「行って、みるか？」

　私がほぅと息を漏らすと、レオナルド様が少しぶっきらぼうにそう言いました。

　つんとそっぽを向いていますけれど、その耳が赤くなっています。

「……一緒に」

「まぁ！」

レオナルド様が誘ってくださるなんて。

私は嬉しくなって、両手をぱちんと打ちました。

「取材旅行ですね！」

「新婚旅行だ！」

あとがき

物語が好きです。

このお話の主人公ほどではありませんけれど、それでも読むのも、書くのも大好きです。

そんな気持ちを込めて書いたら、すべての書く人と、すべての読む人に宛てて書いた、お手紙のようなお話になりました。

読む人のみなさんへ。皆さんのお手紙は、こんなにも書く人の心を元気にしてくれるんだと伝えたくて書きました。短くっても下手でも、あなたが綴ったその言葉は、受け取った人の宝物です。

見つけてくれてありがとう。あなたがいるおかげで、私たちは今日も、書き続けることが出来ています。

書く人のみなさんへ。皆さんの書いたお話はあなた自身のためのものかもしれませんが、その物語に出会って、人生が楽しくなった人もいるんだと知ってほしくて書きました。

書くことを選んでくれてありがとう。あなたがいるおかげで、今日も私たちの人生はとっても色鮮やかです。

私からのお手紙が、皆さんの心に何らかの形で届いていたら嬉しいです。もちろん、お返事をくださったらもっともっと嬉しいので、「面白カッタ」だけでも、ぜひどうぞ。

この物語の世界を色鮮やかに表現してくれたくろでこ様、この物語を見つけてくださった編集部の皆様、そして出会ってくださったすべての皆様に、精いっぱいの愛と感謝をこめて、このお手紙を締めくくろうと思います。

それでは、今日はこのあたりで。

二〇二五年三月　岡崎マサムネ

クリスティーネ先生《せんせい》の次回作《じかいさく》にご期待《きたい》ください！

2025年3月30日　初版発行

著／岡崎《おかざき》マサムネ

画／くろでこ

発行者／山下直久

発行／株式会社KADOKAWA
〒102-8177　東京都千代田区富士見2-13-3
電話 0570-002-301（ナビダイヤル）

印刷所／TOPPANクロレ株式会社

製本所／TOPPANクロレ株式会社

●お問い合わせ
https://www.kadokawa.co.jp/（「お問い合わせ」へお進みください）
※内容によっては、お答えできない場合があります。
※サポートは日本国内のみとさせていただきます。
※Japanese text only

定価はカバーに表示してあります。

ISBN 978-4-04-738322-7　C0093

◇◇◇